KU-750-884

Paulo Coelho a reçu de nombreux prix internationaux, dont le prestigieux Crystal Award du Forum économique mondial. Lauréat du prix de la Fondation Blouin aux États-Unis, du prix Bambi 2001 en Allemagne et du prix 2005 de l'Association des libraires en Italie, il est également chevalier de l'ordre national de la Légion d'honneur en France. Il siège à l'Académie brésilienne de littérature depuis 2002.

Il est aussi chroniqueur pour la presse et publie chaque semaine dans les journaux du monde entier.

L'ALCHIMISTE

PAULO Coelho

L'ALCHIMISTE

ROMAN

Traduit du portugais (Brésil) par
Jean Orecchioni

Titre original :
O Alquimista

L'édition française de ce livre est dédiée à Brigitte Greggory

www.paulocoelho.com

« Cette édition a été publiée avec l'aimable autorisation
de Sant Jordi Asociados, Barcelone, Espagne.»
Tous droits réservés

© Paulo Coelho, 1988

Pour la traduction française :
© Éditions Anne Carrière, Paris, 1994

Comme ils étaient en chemin, ils entrèrent en un certain bourg. Et une femme nommée Marthe le reçut dans sa maison.

Cette femme avait une sœur, nommée Marie, qui s'assit aux pieds du Seigneur et qui écouta ses enseignements.

Marthe allait de tous côtés, occupée à divers travaux. Alors elle s'approcha de Jésus et dit :

— Seigneur ! Ne considères-tu point que ma sœur me laisse servir toute seule ? Dis-lui donc qu'elle vienne m'aider.

Et le Seigneur lui répondit :

— Marthe ! Marthe ! Tu te mets en peine et tu t'embarrasses de plusieurs choses. Marie, quant à elle, a choisi la meilleure part, qui ne lui sera point ôtée.

LUC, X, 38-42

Prologue

L'Alchimiste prit en main un livre qu'avait apporté quelqu'un de la caravane. Le volume n'avait pas de couverture, mais il put cependant identifier l'auteur : Oscar Wilde. En feuilletant les pages, il tomba sur une histoire qui parlait de Narcisse.

L'Alchimiste connaissait la légende de Narcisse, ce beau jeune homme qui allait tous les jours contempler sa propre beauté dans l'eau d'un lac. Il était si fasciné par son image qu'un jour il tomba dans le lac et s'y noya. À l'endroit où il était tombé, naquit une fleur qui fut appelée narcisse.

Mais ce n'était pas de cette manière qu'Oscar Wilde terminait l'histoire.

Il disait qu'à la mort de Narcisse les Oréades, divinités des bois, étaient venues au bord de ce lac d'eau douce et l'avaient trouvé transformé en urne de larmes amères.

« Pourquoi pleures-tu ? demandèrent les Oréades.

— Je pleure pour Narcisse, répondit le lac.

— Voilà qui ne nous étonne guère, dirent-elles alors. Nous avions beau être toutes constamment à sa poursuite dans les bois, tu étais le seul à pouvoir contempler de près sa beauté.

— Narcisse était donc beau ? demanda le lac.

— Qui, mieux que toi, pouvait le savoir ? répliquèrent les Oréades, surprises. C'était bien sur tes rives, tout de même, qu'il se penchait chaque jour ! »

Le lac resta un moment sans rien dire. Puis :

« Je pleure pour Narcisse, mais je ne m'étais jamais aperçu que Narcisse était beau. Je pleure pour Narcisse parce que, chaque fois qu'il se penchait sur mes rives, je pouvais voir, au fond de ses yeux, le reflet de ma propre beauté. »

« Voilà une bien belle histoire », dit l'Alchimiste.

*

Première partie

Il se nommait Santiago. Le jour déclinait lorsqu'il arriva, avec son troupeau, devant une vieille église abandonnée. Le toit s'était écroulé depuis bien longtemps, et un énorme sycomore avait grandi à l'emplacement où se trouvait autrefois la sacristie.

Il décida de passer la nuit dans cet endroit. Il fit entrer toutes ses brebis par la porte en ruine et disposa quelques planches de façon à les empêcher de s'échapper au cours de la nuit. Il n'y avait pas de loups dans la région mais, une fois, une bête s'était enfuie, et il avait dû perdre toute la journée du lendemain à chercher la brebis égarée.

Il étendit sa cape sur le sol et s'allongea, en se servant comme oreiller du livre qu'il venait de terminer. Avant de s'endormir, il pensa qu'il devrait maintenant lire des ouvrages plus volumineux : il mettrait ainsi plus de temps à les finir, et ce seraient des oreillers plus confortables pour la nuit.

Il faisait encore sombre quand il s'éveilla. Il regarda au-dessus de lui et vit scintiller les étoiles au travers du toit à moitié effondré.

« J'aurais bien aimé dormir un peu plus longtemps », pensa-t-il. Il avait fait le même rêve que la semaine précédente et, de nouveau, s'était réveillé avant la fin.

Il se leva et but une gorgée de vin. Puis il se saisit de sa houlette et se mit à réveiller les brebis qui dormaient encore. Il avait remarqué que la plupart des bêtes sortaient du sommeil sitôt que lui-même reprenait conscience. Comme si quelque mystérieuse énergie eût uni sa vie à celle des moutons qui, depuis deux ans, parcouraient le pays avec lui, en quête de nourriture et d'eau. « Ils se sont si bien habitués à moi qu'ils connaissent mes horaires », se dit-il à voix basse. Puis, après un instant de réflexion, il pensa que ce pouvait aussi bien être l'inverse : c'était lui qui s'était habitué aux horaires des animaux.

Il y avait cependant des brebis qui tardaient un peu plus à se relever. Il les réveilla une à une, avec son bâton, en appelant chacune d'elles par son nom. Il avait toujours été persuadé que les brebis étaient capables de comprendre ce qu'il disait. Aussi leur lisait-il parfois certains passages des livres qui l'avaient marqué, ou bien il leur parlait de la solitude ou de la joie de vivre d'un berger dans la campagne, commentait les dernières nouveautés qu'il avait vues dans les villes par où il avait l'habitude de passer.

Depuis l'avant-veille, pourtant, il n'avait pratiquement pas eu d'autre sujet de conversation que cette jeune fille qui habitait la ville où il allait arriver quatre jours plus tard. C'était la fille d'un commerçant. Il n'était venu là qu'une fois, l'année précédente. Le commerçant possédait un magasin de tissus, et il aimait voir tondre les brebis sous ses yeux, pour éviter toute tromperie sur la marchandise. Un ami lui avait indiqué le magasin, et le berger y avait amené son troupeau.

*

« J'ai besoin de vendre un peu de laine », dit-il au commerçant.

La boutique était pleine, et le commerçant demanda au berger d'attendre jusqu'en début de soirée. Celui-ci alla donc s'asseoir sur le trottoir du magasin et tira un livre de sa besace.

« Je ne savais pas que les bergers pouvaient lire des livres », dit une voix de femme à côté de lui.

C'était une jeune fille, qui avait le type même de la région d'Andalousie, avec ses longs cheveux noirs, et des yeux qui rappelaient vaguement les anciens conquérants maures.

« C'est que les brebis enseignent plus de choses que les livres », répondit le jeune berger. Ils restèrent à bavarder, plus de deux heures durant. Elle dit qu'elle était la fille du commerçant, et parla de la vie au village, où chaque jour était semblable au précédent. Le berger raconta la campagne d'Andalousie, les dernières nouveautés qu'il avait vues dans les villes par où il était passé. Il était heureux de n'être pas obligé de toujours converser avec ses brebis.

« Comment avez-vous appris à lire ? vint à demander la jeune fille.

— Comme tout le monde, répondit-il. À l'école.

— Mais alors, si vous savez lire, pourquoi n'êtes-vous donc qu'un berger ? »

Le jeune homme se déroba, pour n'avoir pas à répondre à cette question. Il était bien sûr que la jeune fille ne pourrait pas comprendre. Il continua à raconter ses histoires de voyage, et les petits yeux mauresques s'ouvraient tout grands ou se refermaient sous l'effet de l'ébahissement et de la surprise. À mesure que le temps passait, le jeune homme se prit à souhaiter que ce jour ne finît jamais, que le père de la jeune fille demeurât occupé longtemps encore et lui demandât d'attendre pendant trois jours. Il se rendit compte qu'il ressentait quelque chose qu'il n'avait encore jamais éprouvé jusqu'alors : l'envie de se fixer pour toujours dans une même ville. Avec la jeune fille aux cheveux noirs, les jours ne seraient jamais semblables.

Mais le commerçant arriva, finalement, et lui demanda de tondre quatre brebis. Puis il paya ce qu'il devait et l'invita à revenir l'année suivante.

*

Il ne manquait plus maintenant que quatre jours pour arriver dans cette même bourgade. Il était tout excité, et en même temps plein d'incertitude : peut-être la jeune fille l'aurait-elle oublié. Il ne manquait pas de bergers qui passaient par là pour vendre de la laine.

« Peu importe, dit-il, parlant à ses brebis. Moi aussi, je connais d'autres filles dans d'autres villes. »

Mais, dans le fond de son cœur, il savait que c'était loin d'être sans importance. Et que les bergers, comme les marins, ou les commis voyageurs, connaissent toujours une ville où existe quelqu'un capable de leur faire oublier le plaisir de courir le monde en toute liberté.

*

Alors que paraissaient les premières lueurs de l'aube, le berger commença à faire avancer ses moutons dans la direction du soleil levant. « Ils n'ont jamais besoin de prendre une décision, pensa-t-il. C'est peut-être pour cette raison qu'ils restent toujours auprès de moi. » Le seul besoin qu'éprouvaient les moutons, c'était celui d'eau et de nourriture. Et tant que leur berger connaîtrait les meilleurs pâturages d'Andalousie, ils seraient toujours ses amis. Même si tous les jours étaient semblables les uns aux autres, faits de longues heures qui se traînaient entre le lever et le coucher du soleil ; même s'ils n'avaient jamais lu le moindre livre au cours de leur brève existence et ignoraient la langue des hommes qui racontaient ce qui se passait dans les villages. Ils se contentaient de nourriture et d'eau, et c'était en effet bien suffisant. En échange, ils offraient généreusement leur laine, leur compagnie et, de temps en temps, leur viande.

« Si, d'un moment à l'autre, je me transformais en monstre et me mettais à les tuer un à un, ils ne commenceraient à comprendre qu'une fois le troupeau déjà presque tout entier exterminé, pensa-t-il. Parce qu'ils ont confiance en moi, et qu'ils ont cessé de se fier à leurs propres instincts. Tout cela parce que c'est moi qui les mène au pâturage. »

Le jeune homme commença à se surprendre de ses propres pensées, à les trouver bizarres. L'église, avec ce sycomore qui poussait à l'intérieur, était peut-être hantée. Était-ce pour cette raison qu'il avait encore refait ce même rêve, et qu'il éprouvait maintenant une sorte de colère à l'encontre des brebis, ses amies toujours fidèles ? Il but un peu du vin qui lui restait du souper de la veille et serra son manteau contre son corps. Il savait que, dans quelques heures, avec le soleil à pic, il allait faire si chaud qu'il ne pourrait plus mener son troupeau à travers la campagne. À cette heure-là, en été, toute l'Espagne dormait. La chaleur durait jusqu'à la nuit, et pendant tout ce temps il lui faudrait transporter son manteau avec lui. Malgré tout, quand il avait envie de se plaindre de cette charge, il se souvenait que, grâce à cette charge, précisément, il n'avait pas ressenti le froid du petit matin.

« Nous devons toujours être prêts à affronter les surprises du temps », songeait-il alors ; et il acceptait avec gratitude le poids de son manteau.

Celui-ci avait donc sa raison d'être, comme le jeune homme lui-même. Au bout de deux années passées à parcourir les plaines de l'Andalousie, il connaissait par cœur toutes les villes de la région, et c'était là ce qui donnait un sens à sa vie : voyager.

Il avait l'intention, cette fois-ci, d'expliquer à la jeune fille pourquoi un simple berger peut savoir lire : jusqu'à l'âge de seize ans, il avait fréquenté le séminaire. Ses parents auraient voulu faire de lui un prêtre, motif de fierté pour une humble famille paysanne qui travaillait tout juste pour la nourriture et l'eau, comme ses moutons. Il avait étudié le latin, l'espagnol, la théologie. Mais, depuis sa petite enfance, il rêvait de connaître le monde, et c'était là quelque chose de bien plus important que de connaître Dieu ou les péchés des hommes. Un beau soir, en allant voir sa famille, il s'était armé de courage et avait dit à son père qu'il ne voulait pas être curé. Il voulait voyager.

« Des hommes venus du monde entier sont déjà passés par ce village, mon fils. Ils viennent ici chercher des choses nouvelles, mais ils restent toujours les mêmes hommes. Ils vont jusqu'à la colline pour visiter le château, et trouvent que le passé valait mieux que le présent. Ils ont les cheveux clairs, ou le teint foncé, mais sont semblables aux hommes de notre village.

— Mais moi, je ne connais pas les châteaux des pays d'où viennent ces hommes, répliqua le jeune homme.

— Ces hommes, quand ils voient nos champs et nos femmes, disent qu'ils aimeraient vivre ici pour toujours, poursuivit le père.

— Je veux connaître les femmes et les terres d'où ils viennent, dit alors le fils. Car eux ne restent jamais parmi nous.

— Mais ces hommes ont de l'argent plein leurs poches, dit encore le père. Chez nous, seuls les bergers peuvent voir du pays.

— Alors, je serai berger. »

Le père n'ajouta rien de plus. Le lendemain, il donna à son fils une bourse qui contenait trois vieilles pièces d'or espagnoles.

« Je les ai trouvées un jour dans un champ. Dans mon idée, elles devaient aller à l'Église, à l'occasion de ton ordination. Achète-toi un troupeau et va courir le monde, jusqu'au jour où tu apprendras que notre château est le plus digne d'intérêt et nos femmes les plus belles. »

Et il lui donna sa bénédiction. Le garçon, dans les yeux de son père, lut aussi l'envie de courir le monde. Une envie qui vivait toujours, en dépit des dizaines d'années au cours desquelles il avait essayé de la faire passer en demeurant dans le même lieu pour y dormir chaque nuit, y boire et y manger.

*

L'horizon se teinta de rouge, puis le soleil apparut. Le jeune homme se souvint de la conversation avec son père et se sentit heureux ; il avait déjà connu bien des châteaux et bien des femmes (mais aucune ne pouvait égaler celle qui l'attendait à deux jours de là). Il possédait un manteau, un livre qu'il pourrait échanger contre un autre, un troupeau de moutons. Le plus important, toutefois, c'était que, chaque jour, il réalisait le grand rêve de sa vie : voyager. Quand il se serait fatigué des campagnes d'Andalousie, il pourrait vendre ses moutons et devenir marin. Quand il en aurait assez de la mer, il aurait connu des quantités de villes, des quantités de femmes, des quantités d'occasions d'être heureux.

« Comment peut-on aller chercher Dieu au séminaire ? » se demanda-t-il, tout en regardant naître le soleil. Chaque fois que c'était possible, il tâchait de trouver un nouvel itinéraire. Il n'était jamais venu jusqu'à cette église, alors qu'il était pourtant passé par là tant de fois. Le monde était grand, inépuisable ; et s'il laissait ses moutons le guider, ne serait-ce qu'un peu de temps, il finirait par découvrir encore bien des choses pleines d'intérêt. « Le problème, c'est qu'ils ne se rendent pas compte qu'ils parcourent de nouveaux chemins tous les jours. Ils ne s'aperçoivent pas que les pâturages ont changé, que les saisons sont différentes. Car ils n'ont d'autre préoccupation que la nourriture et l'eau. »

« Peut-être en est-il ainsi pour tout le monde, pensa le berger. Même pour moi, qui n'ai plus d'autres femmes en tête depuis que j'ai rencontré la fille de ce commerçant. »

Il regarda le ciel. D'après ses calculs, il serait à Tarifa avant l'heure du déjeuner. Là, il pourrait échanger son livre contre un plus gros volume, remplir sa bouteille de vin, se faire raser et couper les cheveux ; il devait être fin prêt pour retrouver la jeune fille, et il ne voulait même pas envisager l'éventualité qu'un autre berger fût arrivé avant lui, avec davantage de moutons, pour demander sa main.

« C'est justement la possibilité de réaliser un rêve qui rend la vie intéressante », songea-t-il en levant à nouveau son regard vers le ciel, tout en pressant le pas. Il venait de se rappeler qu'il y avait à Tarifa une vieille femme qui savait interpréter les rêves. Et, cette nuit-là, il avait eu le même rêve qu'il avait déjà fait une fois.

*

La vieille conduisit le jeune homme au fond de la maison, dans une pièce séparée de la salle par un rideau en plastique multicolore. Il y avait là une table, une image du Sacré-Cœur de Jésus, et deux chaises.

La vieille s'assit et le pria d'en faire autant. Puis elle prit entre les siennes les deux mains du garçon et se mit à prier tout bas.

Cela ressemblait à une prière gitane. Il avait déjà croisé bien des gitans sur son chemin. Ces gens-là voyageaient, eux aussi, mais ils ne s'occupaient pas de moutons. Le bruit courait qu'un gitan, c'était quelqu'un qui passait son temps à tromper le monde. On disait aussi qu'ils avaient un pacte avec le démon, qu'ils enlevaient des enfants pour faire d'eux leurs esclaves dans leurs mystérieux campements. Quand il était tout petit, le jeune berger avait toujours été terrifié à l'idée d'être enlevé par les gitans, et cette peur d'autrefois lui revint tandis que la vieille lui tenait les mains.

« Mais il y a ici une image du Sacré-Cœur de Jésus », pensa-t-il, en essayant de se rassurer. Il ne voulait pas que sa main se mît à trembler et que la vieille s'aperçût de sa frayeur. En silence, il récita un Notre Père.

« Intéressant… », dit la vieille, sans quitter des yeux la main du garçon. Et, à nouveau, elle se tut.

Celui-ci se sentait de plus en plus nerveux. Ses mains se mirent à trembler malgré lui, et la vieille le remarqua. Il les retira très vite.

« Je ne suis pas venu ici pour les lignes de la main », dit-il, regrettant maintenant d'être entré dans cette maison. Un instant, il pensa qu'il ferait mieux de payer la consultation et de s'en aller sans rien savoir. Il accordait sans doute bien trop d'importance à un rêve qui s'était répété.

« Tu es venu m'interroger sur les songes, dit alors la vieille. Et les songes sont le langage de Dieu. Quand Dieu parle le langage du monde, je peux en faire l'interprétation. Mais s'il parle le langage de ton âme, alors il n'y a que toi qui puisses comprendre. De toute façon, il va falloir me payer la consultation. »

« Encore une astuce », pensa le jeune homme. Malgré tout, il décida de prendre le risque. Un berger est toujours exposé au danger des loups ou de la sécheresse, et c'est bien ce qui rend plus excitant le métier de berger.

« J'ai fait deux fois de suite le même rêve, dit-il. Je me trouvais avec mes brebis sur un pâturage, et voilà qu'apparaissait un enfant qui se mettait à jouer avec les bêtes. Je n'aime pas beaucoup qu'on vienne s'amuser avec mes brebis, elles ont un peu peur des gens qu'elles ne connaissent pas. Mais les enfants, eux, arrivent toujours à s'amuser avec elles sans qu'elles prennent peur. J'ignore pourquoi. Je ne sais pas comment les animaux peuvent savoir l'âge des êtres humains.

— Retourne à ton rêve, dit la vieille. J'ai une marmite au feu. Et d'ailleurs, tu n'as pas beaucoup d'argent, tu ne vas pas me prendre tout mon temps.

— L'enfant continuait à jouer avec les brebis pendant un moment, poursuivit le berger, un peu embarrassé. Et, tout d'un coup, il me prenait par la main et me conduisait jusqu'aux Pyramides d'Égypte. »

Il marqua un temps d'arrêt, pour voir si la vieille savait ce qu'étaient les Pyramides d'Égypte. Mais celle-ci resta muette.

« Alors, devant les Pyramides d'Égypte (il prononça ces mots très distinctement, pour que la vieille pût bien comprendre), le gosse me disait : "Si tu viens jusqu'ici, tu trouveras un trésor caché." Et, au moment où il allait me montrer l'endroit exact, je me suis réveillé. Les deux fois. »

La vieille demeura sans rien dire pendant quelques instants. Ensuite, elle reprit les mains du jeune homme, qu'elle étudia attentivement.

« Je ne vais rien te faire payer maintenant, dit-elle enfin. Mais je veux la dixième partie du trésor, si jamais tu le trouves. »

Le jeune homme se mit à rire. Un rire de contentement.

Ainsi, il allait conserver le peu d'argent qu'il possédait, grâce à un songe où il était question de trésors cachés ! Cette vieille bonne femme devait vraiment être une gitane. Les gitans sont bêtes.

« Eh bien, comment interprétez-vous ce rêve ? demanda le jeune homme.

— Avant, il faut jurer. Jure-moi que tu me donneras la dixième partie de ton trésor en échange de ce que je te dirai. »

Il jura. La vieille lui demanda de répéter le serment avec les yeux fixés sur l'image du Sacré-Cœur de Jésus.

« C'est un songe de Langage du Monde, dit-elle alors. Je peux l'interpréter, mais c'est une interprétation très difficile. Il me semble donc que je mérite bien ma part sur ce que tu trouveras.

« Et l'interprétation est celle-ci : tu dois aller jusqu'aux Pyramides d'Égypte. Je n'en avais jamais entendu parler, mais si c'est un enfant qui te les a montrées, c'est qu'elles existent en effet. Là-bas, tu trouveras un trésor qui fera de toi un homme riche. »

Le jeune homme fut d'abord surpris, puis irrité. Il n'avait pas besoin de venir trouver cette bonne femme pour si peu. Mais, en fin de compte, il se rappela qu'il n'avait rien à payer.

« Si c'était pour ça, je n'avais pas besoin de perdre mon temps, dit-il.

— Tu vois ! Je t'avais bien dit que ton rêve était difficile à interpréter. Les choses simples sont les plus extraordinaires, et seuls les savants parviennent à les voir. Comme je n'en suis pas un, il faut bien que je connaisse d'autres arts : lire dans les mains, par exemple.

— Et comment vais-je faire pour aller jusqu'en Égypte ?

— Je ne fais qu'interpréter les songes. Il n'est pas dans mon pouvoir de les transformer en réalité. C'est pour cette raison que je dois vivre de ce que me donnent mes filles.

— Et si je n'arrive pas jusqu'en Égypte ?

— Eh bien ! je ne serai pas payée. Ce ne sera pas la première fois. »

Et la vieille n'ajouta rien. Elle demanda au jeune homme de s'en aller, car il lui avait déjà fait perdre beaucoup de temps.

*

Le berger s'en alla, déçu, et bien décidé à ne plus jamais croire aux songes. Il se rappela qu'il avait diverses choses à faire : il alla donc chercher de quoi manger, échangea son livre contre un autre, plus gros, et s'en fut s'asseoir sur un banc de la place pour goûter à loisir le vin nouveau qu'il avait acheté. C'était une journée chaude, et le vin, par un de ces mystères insondables comme il y en a, parvenait à le rafraîchir un peu. Ses moutons se trouvaient à l'entrée de la ville, dans l'étable d'un nouvel ami qu'il s'était fait. Il connaissait beaucoup de monde dans ces parages – et, c'était bien pourquoi il aimait tant voyager. On arrive toujours à se faire de nouveaux amis, sans avoir besoin de rester avec eux jour après jour. Lorsqu'on voit toujours les mêmes personnes, comme c'était le cas au séminaire, on en vient à considérer qu'elles font partie de notre vie. Et alors, puisqu'elles font partie de notre vie, elles finissent par vouloir transformer notre vie. Et si nous ne sommes pas tels qu'elles souhaiteraient nous voir, les voilà mécontentes. Car tout le monde croit savoir exactement comment nous devrions vivre.

Mais personne ne sait jamais comment il doit lui-même vivre sa propre vie. Un peu comme la bonne femme des rêves, qui ne savait pas les transformer en réalité.

Il décida d'attendre que le soleil baisse un peu, avant de repartir dans la campagne avec ses brebis. Dans trois jours, il allait revoir la fille du commerçant.

Il commença à lire le livre que lui avait procuré le curé de Tarifa. C'était un volume épais et, dès la première page, il y était question d'un enterrement. En outre, les noms des personnages étaient extrêmement compliqués. Si jamais il lui arrivait un jour d'écrire un livre, pensa-t-il, il introduirait les personnages un à un, pour éviter aux lecteurs d'avoir à apprendre leurs noms par cœur tous à la fois.

Alors qu'il arrivait à se concentrer un peu sur sa lecture (et c'était bien agréable, car il y avait un enterrement dans la neige, ce qui lui donnait une sensation de fraîcheur, sous ce soleil brûlant), un vieil homme vint s'asseoir à côté de lui et engagea la conversation.

« Que font ces gens ? demanda le vieillard, en désignant les passants sur la place.

— Ils travaillent », répondit le berger, sèchement ; et il fit semblant d'être absorbé par ce qu'il lisait. En réalité, il songeait qu'il allait tondre ses brebis devant la fille du commerçant, et qu'elle serait à même de constater qu'il pouvait faire des choses bien intéressantes. Il avait déjà imaginé cette scène des dizaines de fois. Et, toujours, il voyait la jeune fille s'émerveiller quand il commençait à lui expliquer que les moutons doivent être tondus de l'arrière vers l'avant. Il tâchait aussi de se rappeler quelques bonnes histoires à lui raconter tout en tondant les bêtes. C'étaient, pour la plupart, des histoires qu'il avait lues dans des livres, mais il les raconterait comme s'il les avait vécues lui-même.

Elle ne saurait jamais la différence, puisqu'elle ne savait pas lire dans les livres.

Le vieillard insista, cependant. Il raconta qu'il était fatigué, qu'il avait soif, et demanda à boire une gorgée de vin. Le garçon offrit sa bouteille ; peut-être l'autre allait-il le laisser tranquille.

Mais le vieil homme voulait absolument bavarder. Il demanda au berger ce qu'était le livre qu'il était en train de lire. Celui-ci pensa se montrer grossier et changer de banc, mais son père lui avait appris à respecter les personnes âgées. Alors il tendit le bouquin au vieux bonhomme, pour deux raisons : la première était qu'il se trouvait bien incapable d'en prononcer le titre ; et la seconde, c'était que, si le vieux ne savait pas lire, c'était lui qui allait changer de banc, pour ne pas se sentir humilié.

« Hum ! fit le vieillard, en examinant le volume sur toutes ses faces, comme si c'eût été un objet bizarre. C'est un livre important, mais fort ennuyeux. »

Le berger fut bien surpris. Ainsi, le bonhomme savait lire, lui aussi, et avait déjà lu ce livre-là. Et si c'était un ouvrage ennuyeux, comme il l'affirmait, il était encore temps de le changer pour un autre.

« C'est un livre qui parle de la même chose que presque tous les livres, poursuivit le vieillard. De l'incapacité des gens à choisir leur propre destin. Et, pour finir, il laisse croire à la plus grande imposture du monde.

— Et quelle est donc la plus grande imposture du monde ? demanda le jeune homme, surpris.

— La voici : à un moment donné de notre existence, nous perdons la maîtrise de notre vie, qui se trouve dès lors gouvernée par le destin. C'est là qu'est la plus grande imposture du monde.

« — Pour moi, cela ne s'est pas passé de cette façon, dit le jeune homme. On voulait faire de moi un prêtre, et j'ai décidé d'être berger.

— C'est mieux ainsi, dit le vieillard. Parce que tu aimes voyager. »

« Il a deviné mes pensées », se dit Santiago.

Pendant ce temps, le vieux feuilletait le gros livre, sans la moindre intention de le rendre. Le berger remarqua qu'il était habillé d'étrange façon : il avait l'air d'un Arabe, ce qui n'était pas si extraordinaire dans la région. L'Afrique se trouvait à quelques heures seulement de Tarifa ; il n'y avait qu'à traverser le petit détroit en bateau. Très souvent, des Arabes venus faire des emplettes apparaissaient en ville, et on les voyait prier de bien curieuse façon plusieurs fois par jour.

« D'où est-ce que vous êtes ? demanda-t-il.

— De bien des endroits.

— Personne ne peut être de plusieurs endroits, dit le garçon. Moi, je suis berger, et je peux me trouver en différents endroits, mais je suis originaire d'un seul : une ville proche d'un très vieux château. C'est là que je suis né.

— Alors, disons que je suis né à Salem. »

Le berger ne savait pas où se trouvait Salem, mais ne voulut pas poser de question, pour ne pas se sentir humilié du fait de sa propre ignorance. Il continua à regarder la place pendant un moment. Les gens allaient et venaient, et paraissaient fort affairés.

« Comment est-ce, à Salem ? demanda-t-il enfin, cherchant un indice quelconque.

— Comme toujours, depuis toujours. » Ce n'était pas vraiment un indice. Du moins savait-il que Salem n'était pas en Andalousie. Sinon, il aurait connu cette ville.

« Et qu'est-ce que vous faites, à Salem ?

— Ce que je fais à Salem ? » Pour la première fois, le vieillard éclata d'un grand rire. « Mais je suis le Roi de Salem, quelle question ! »

Les gens disent de bien drôles de choses. Quelquefois, il vaut mieux vivre avec les brebis, qui sont muettes, et se contentent de chercher de la nourriture et de l'eau. Ou alors, avec les livres, qui racontent des histoires incroyables quand on a envie d'en entendre. Mais quand on parle avec les gens, ceux-ci vous disent certaines choses qui font qu'on reste sans savoir comment poursuivre la conversation.

« Je m'appelle Melchisédec, dit le vieil homme. Combien as-tu de moutons ?

— Ce qu'il faut », répondit le berger. Le vieux voulait en savoir un peu trop sur sa vie.

« Alors, nous avons un problème. Je ne peux pas t'aider tant que tu penses avoir ce qu'il te faut de moutons. »

Le garçon commença à éprouver un certain agacement. Il ne demandait aucune aide. C'était le vieux qui lui avait demandé du vin, qui avait voulu bavarder, qui s'était intéressé à son livre.

« Rendez-moi ce livre, dit-il. Il faut que j'aille chercher mes moutons et que je continue ma route.

— Donne-m'en un sur dix, dit le vieillard. Et je t'apprendrai comment faire pour parvenir jusqu'au trésor caché. »

Le jeune homme se ressouvint alors de son rêve, et soudain tout devint clair. La vieille ne lui avait rien fait payer, mais ce vieux (qui était peut-être son mari) allait réussir à lui soutirer bien davantage, en échange d'un renseignement qui ne correspondait à aucune réalité. Ce devait être un gitan lui aussi.

Cependant, avant même qu'il n'eût dit le moindre mot, le vieil homme se baissa, ramassa une brindille et se mit à écrire sur le sable de la place. Au moment où il se baissa, quelque chose brilla sur sa poitrine, avec une telle intensité que le garçon en fut presque aveuglé. Mais, d'un geste étonnamment rapide pour un homme de son âge, il s'empressa de refermer son manteau sur son torse. Les yeux du garçon cessèrent d'être éblouis et il put voir distinctement ce que le vieil homme était en train d'écrire.

Sur le sable de la place principale de la petite ville, il lut le nom de son père et celui de sa mère. Il lut l'histoire de sa vie jusqu'à cet instant, les jeux de son enfance, les nuits froides du séminaire. Il lut des choses qu'il n'avait jamais racontées à personne, comme cette fois où il avait dérobé l'arme de son père pour aller chasser des chevreuils, ou sa première expérience sexuelle solitaire.

« Je suis le Roi de Salem », avait dit le vieillard.

« Pourquoi un roi bavarde-t-il avec un berger ? demanda le jeune homme, gêné, et plongé dans le plus grand étonnement.

— Il y a plusieurs raisons à cela. Mais disons que la plus importante est que tu as été capable d'accomplir ta Légende Personnelle. »

Le jeune homme ne savait pas ce que voulait dire « Légende Personnelle ».

« C'est ce que tu as toujours souhaité faire. Chacun de nous, en sa prime jeunesse, sait quelle est sa Légende Personnelle.

« À cette époque de la vie, tout est clair, tout est possible, et l'on n'a pas peur de rêver et de souhaiter tout ce qu'on aimerait faire de sa vie. Cependant, à mesure que le temps s'écoule, une force mystérieuse commence à essayer de prouver qu'il est impossible de réaliser sa Légende Personnelle. »

Ce que disait le vieil homme n'avait pas grand sens pour le jeune berger. Mais il voulait savoir ce qu'étaient ces « forces mystérieuses » : la fille du commerçant allait en rester bouche bée.

« Ce sont des forces qui semblent mauvaises, mais qui en réalité t'apprennent comment réaliser ta Légende Personnelle. Ce sont elles qui préparent ton esprit et ta volonté, car il y a une grande vérité en ce monde : qui que tu sois et quoi que tu fasses, lorsque tu veux vraiment quelque chose, c'est que ce désir est né dans l'Âme de l'Univers. C'est ta mission sur la Terre.

— Même si l'on a seulement envie de voyager ? Ou bien d'épouser la fille d'un négociant en tissus ?

— Ou de chercher un trésor. L'Âme du Monde se nourrit du bonheur des gens. Ou de leur malheur, de l'envie, de la jalousie. Accomplir sa Légende Personnelle est la seule et unique obligation des hommes. Tout n'est qu'une seule chose.

« Et quand tu veux quelque chose, tout l'Univers conspire à te permettre de réaliser ton désir. »

Ils gardèrent le silence, pendant un moment, à observer la place et les passants. Le vieux fut le premier à reprendre la parole :

« Pourquoi gardes-tu des moutons ?

— Parce que j'aime voyager. »

Il montra un marchand de pop-corn, avec sa carriole rouge, dans un coin de la place.

« Cet homme aussi a toujours voulu voyager, quand il était enfant. Mais il a préféré acheter une petite carriole pour vendre du pop-corn, amasser de l'argent durant des années. Quand il sera vieux, il ira passer un mois en Afrique. Il n'a jamais compris qu'on a toujours la possibilité de faire ce que l'on rêve.

— Il aurait dû choisir d'être berger, pensa le jeune homme, à haute voix.

— Il y a bien pensé, dit le vieillard. Mais les marchands de pop-corn sont de plus grands personnages que les bergers. Les marchands de pop-corn ont un toit à eux, tandis que les bergers dorment à la belle étoile. Les gens préfèrent marier leurs filles à des marchands de pop-corn plutôt qu'à des bergers. »

Le jeune homme sentit un pincement au cœur, en pensant à la fille du commerçant. Dans la ville où elle vivait, il y avait sûrement un marchand de pop-corn.

« Pour finir, ce que les gens pensent des marchands de pop-corn et des bergers devient plus important pour eux que la Légende Personnelle. »

Le vieillard feuilleta le livre, et s'amusa à en lire une page. Le berger attendit un peu, et l'interrompit de la même façon qu'il avait été interrompu par lui.

« Pourquoi me dites-vous ces choses ?

— Parce que tu essaies de vivre ta Légende Personnelle. Et que tu es sur le point d'y renoncer.

— Et vous apparaissez toujours dans ces moments-là ?

— Pas toujours sous cette forme, mais je n'y ai jamais manqué. Parfois, j'apparais sous la forme d'une bonne idée, d'une façon de se sortir d'affaire. D'autres fois, à un instant crucial, je fais en sorte que les choses deviennent plus faciles. Et ainsi de suite ; mais la plupart des gens ne remarquent rien. »

Il raconta que la semaine précédente, il avait été obligé d'apparaître à un prospecteur sous la forme d'une pierre. L'homme avait tout abandonné pour partir à la recherche d'émeraudes. Cinq années durant, il avait travaillé le long d'une rivière, et avait cassé neuf cent quatre-vingt-dix-neuf mille neuf cent quatre-vingt-dix-neuf pierres pour tenter de trouver une émeraude. À ce moment-là, il pensa renoncer, et il ne manquait alors qu'une pierre, une seule pierre, pour qu'il découvrît son émeraude. Comme c'était un homme qui avait misé sur sa Légende Personnelle, le vieillard décida d'intervenir. Il se métamorphosa en une pierre qui roula aux pieds du prospecteur. Sous le coup de la colère, celui-ci, se sentant frustré par les cinq années perdues, lança cette pierre au loin. Mais il la jeta avec une telle violence qu'elle alla frapper une autre pierre, qui se brisa, révélant la plus belle émeraude du monde.

« Les gens apprennent très tôt leur raison de vivre, dit le vieillard avec, dans les yeux, une certaine amertume. C'est peut-être pour cette raison même qu'ils renoncent aussi très tôt. Mais, ainsi va le monde. »

Le jeune homme se souvint alors que la conversation avait eu pour point de départ le trésor caché.

« Les trésors sont déterrés par le torrent qui coule, et enterrés par cette même montée des eaux, dit le vieillard. Si tu veux en savoir davantage sur ton trésor, tu devras me céder un dixième de ton troupeau.

— Un dixième du trésor ne ferait pas l'affaire ? »

Le vieil homme se montra déçu.

« Si tu t'en vas en promettant ce que tu ne possèdes pas encore, tu perdras l'envie de l'obtenir. »

Le berger lui dit alors qu'il avait promis un dixième du trésor à la gitane.

« Les gitans sont malins, soupira le vieux. De toute façon, il est bon pour toi d'apprendre que, dans la vie, tout a un prix. C'est là ce que les Guerriers de la Lumière tentent d'enseigner. »

Il rendit son livre au jeune homme.

« Demain, à cette même heure, tu m'amèneras un dixième de ton troupeau. Je t'indiquerai comment réussir à trouver le trésor caché. Allez, bonsoir. »

Et il disparut par l'un des angles de la place.

*

Le jeune homme essaya de reprendre sa lecture, mais n'arriva plus à se concentrer. Il était excité, tendu, car il savait que le vieillard disait vrai. Il alla trouver le marchand ambulant et lui acheta un sac de pop-corn, tout en se demandant s'il devait ou non lui raconter ce qu'avait dit le vieil homme. « Il vaut parfois mieux laisser les choses comme elles sont », pensa-t-il ; et il ne dit rien. S'il avait parlé, le marchand aurait passé trois jours à réfléchir pour savoir s'il allait tout laisser là, mais il était déjà bien habitué à sa petite carriole.

Il pouvait lui épargner cette incertitude douloureuse. Il commença à errer par la ville, et descendit jusqu'au port. Il y avait là un petit bâtiment avec une sorte de fenêtre à laquelle les gens venaient acheter des billets. L'Égypte, cela se trouvait en Afrique.

« Vous désirez ? demanda l'employé du guichet.

— Demain, peut-être », répondit-il en s'éloignant. En vendant une seule de ses brebis, il pourrait passer de l'autre côté du détroit. Cette idée l'effrayait.

« Encore un rêveur, dit le guichetier à son collègue, tandis que le jeune homme s'éloignait. Il n'a pas de quoi payer son voyage. »

Alors qu'il était devant le guichet, il avait pensé à ses brebis, et il eut peur d'aller les retrouver. Au cours de ces deux années, il avait tout appris de l'élevage des moutons. Il savait tondre, prendre soin des brebis pleines, protéger son troupeau contre les loups. Il connaissait tous les champs et pâturages d'Andalousie. Connaissait le juste prix d'achat et de vente de chacune de ses bêtes.

Il décida de retourner jusqu'à l'étable de son ami par le chemin le plus long. La ville avait aussi un château, et il voulut gravir la rampe empierrée et aller s'asseoir sur la muraille. De là-haut, il pouvait apercevoir l'Afrique. Quelqu'un lui avait expliqué, une fois, que c'était par là qu'étaient arrivés les Maures, qui avaient si longtemps occupé presque toute l'Espagne. Il détestait les Maures. C'étaient eux qui avaient amené les gitans.

D'en haut, il pouvait également voir la majeure partie de la ville, y compris la place où il avait bavardé avec le vieux bonhomme.

« Maudite soit l'heure où j'ai rencontré ce vieux », pensa-t-il. Il était simplement allé trouver une femme capable d'interpréter les songes. Ni cette femme ni ce vieillard n'accordaient la moindre importance au fait qu'il était un berger. C'étaient des solitaires qui ne croyaient plus en rien dans la vie et ne comprenaient pas que les bergers finissent par s'attacher à leurs bêtes. Il connaissait à fond chacune d'elles : il savait s'il y en avait une qui boitait, laquelle devait mettre bas deux mois plus tard, quelles étaient les plus paresseuses. Il savait aussi les tondre, et les abattre. Si jamais il décidait de partir, elles allaient souffrir.

Le vent se mit à souffler. Ce vent, il le connaissait : on l'appelait le levant, car c'était avec ce vent-là qu'étaient venues les hordes des infidèles. Avant de connaître Tarifa, il n'avait jamais imaginé que l'Afrique fût si proche. Ce qui constituait un grave danger : les Maures pouvaient à nouveau envahir le pays.

Le levant se mit à souffler plus fort. « Me voici entre mes brebis et le trésor », pensait-il. Il devait se décider, choisir entre quelque chose à quoi il s'était habitué et quelque chose qu'il aimerait bien avoir. Et il y avait aussi la fille du commerçant, mais elle n'avait pas la même importance que les brebis, car elle ne dépendait pas de lui. La certitude lui vint que, si elle ne le revoyait pas, le surlendemain, la jeune fille n'y prendrait même pas garde : pour elle, tous les jours étaient semblables, et quand tous les jours sont ainsi semblables les uns aux autres, c'est que les gens ont cessé de s'apercevoir des bonnes choses qui se présentent dans leur vie tant que le soleil traverse le ciel.

« J'ai quitté mon père, ma mère, le château de la ville où je suis né. Ils s'y sont faits, et je m'y suis fait. Les brebis aussi se feront bien à mon absence », se dit-il.

De là-haut, il observa la place. Le marchand ambulant continuait à vendre son pop-corn. Un jeune couple vint s'asseoir sur le banc où il était resté à bavarder avec le vieil homme, et ils échangèrent un long baiser.

« Le marchand de pop-corn », murmura-t-il pour lui-même, sans terminer sa phrase. Car le levant s'était mis à souffler plus fort, et il le sentit sur son visage. Il amenait les Maures, sans doute, mais il apportait aussi l'odeur du désert et des femmes voilées. Il apportait la sueur et les songes des hommes qui étaient un jour partis en quête de l'Inconnu, en quête d'or, d'aventures… et de pyramides. Le jeune homme se prit à envier la liberté du vent, et comprit qu'il pourrait être comme lui. Rien ne l'en empêchait, sinon lui-même.

Les brebis, la fille du commerçant, les champs d'Andalousie, ce n'étaient que les étapes de sa Légende Personnelle.

*

Le lendemain, le jeune berger retrouva le vieil homme à midi. Il amenait avec lui six moutons. « Je suis surpris, dit-il. Mon ami m'a acheté immédiatement le troupeau. Il avait toute sa vie rêvé d'être berger, m'a-t-il dit ; et donc, c'était bon signe.

— Il en va toujours ainsi, dit le vieillard. Nous appelons cela le Principe Favorable. Si tu joues aux cartes pour la première fois, tu vas gagner, à coup sûr. La Chance du Débutant.

— Et pourquoi cela ?

— Parce que la vie veut que tu vives ta Légende Personnelle. »

Puis il se mit à examiner les six moutons, et s'aperçut que l'un d'eux boitait. Le garçon lui expliqua que c'était sans importance, car c'était la bête la plus intelligente, et qu'elle donnait beaucoup de laine.

« Où se trouve le trésor ? demanda-t-il.

— Le trésor est en Égypte, près des Pyramides. »

Il eut un sursaut. La vieille lui avait dit la même chose, mais elle ne s'était pas fait payer.

« Pour arriver jusqu'au trésor, il faudra que tu sois attentif aux signes. Dieu a écrit dans le monde le chemin que chacun de nous doit suivre. Il n'y a qu'à lire ce qu'il a écrit pour toi. »

Avant que le jeune homme ait pu dire quelque chose, une phalène prit son vol, entre le vieillard et lui. Il se souvint de son grand-père ; celui-ci lui avait dit, quand il était enfant, que les phalènes étaient signe de chance. De même que les grillons, les sauterelles vertes, les petits lézards gris et les trèfles à quatre feuilles.

« C'est cela, dit le vieillard, qui pouvait lire dans ses pensées. Tout à fait comme ton grand-père t'a appris. Ce sont là les signes. »

Puis il ouvrit le manteau qui l'enveloppait. Le jeune garçon fut impressionné par ce qu'il vit alors, et se souvint de l'éclat qui l'avait ébloui la veille. Le vieil homme portait un pectoral en or massif, tout incrusté de pierreries.

C'était vraiment un roi. Il devait se déguiser de cette manière pour échapper aux brigands.

« Tiens, dit-il en retirant une pierre blanche et une pierre noire qui étaient fixées au centre du pectoral. Elles se nomment Ourim et Toumim. La noire veut dire "oui", la blanche signifie "non". Quand tu ne parviendras pas à repérer les signes, elles te serviront. Mais pose toujours une question objective.

« D'une façon générale, cherche à prendre tes décisions par toi-même. Le trésor se trouve près des Pyramides, et cela, tu le savais déjà ; mais tu as dû payer le prix de six moutons parce que c'est moi qui t'ai aidé à prendre une décision. »

Le jeune homme enfouit les deux pierres dans sa besace. Dorénavant, il prendrait ses décisions lui-même.

« N'oublie pas que tout n'est qu'une seule chose. N'oublie pas le langage des signes. Et surtout, n'oublie pas d'aller jusqu'au bout de ta Légende Personnelle.

« Auparavant, toutefois, j'aimerais te conter une petite histoire.

« Certain négociant envoya son fils apprendre le Secret du Bonheur auprès du plus sage de tous les hommes. Le jeune garçon marcha quarante jours dans le désert avant d'arriver finalement devant un beau château, au sommet d'une montagne. C'était là que vivait le Sage dont il était en quête.

« Au lieu de rencontrer un saint homme, pourtant, notre héros entra dans une salle où se déployait une activité intense : des marchands entraient et sortaient, des gens bavardaient dans un coin, un petit orchestre jouait de suaves mélodies, et il y avait une table chargée des mets les plus délicieux de cette région du monde. Le Sage parlait avec les uns et les autres, et le jeune homme dut patienter deux heures durant avant que ne vînt enfin son tour.

« Le Sage écouta attentivement le jeune homme lui expliquer le motif de sa visite, mais lui dit qu'il n'avait alors pas le temps de lui révéler le Secret du Bonheur. Et il lui suggéra de faire un tour de promenade dans le palais et de revenir le voir à deux heures de là.

« "Cependant, je veux vous demander une faveur", ajouta le Sage, en remettant au jeune homme une petite cuiller, dans laquelle il versa deux gouttes d'huile : "Tout au long de votre promenade, tenez cette cuiller à la main, en faisant en sorte de ne pas renverser l'huile."

« Le jeune homme commença à monter et descendre les escaliers du palais, en gardant toujours les yeux fixés sur la cuiller. Au bout de deux heures, il revint en présence du Sage.

« "Alors, demanda celui-ci, avez-vous vu les tapisseries de Perse qui se trouvent dans ma salle à manger ? Avez-vous vu le parc que le Maître des Jardiniers a mis dix ans à créer ? Avez-vous remarqué les beaux parchemins de ma bibliothèque ?"

« Le jeune homme, confus, dut avouer qu'il n'avait rien vu du tout. Son seul souci avait été de ne point renverser les gouttes d'huile que le Sage lui avait confiées.

« "Eh bien, retourne faire connaissance des merveilles de mon univers, lui dit le Sage. On ne peut se fier à un homme si l'on ne connaît pas la maison qu'il habite."

« Plus rassuré maintenant, le jeune homme prit la cuiller et retourna se promener dans le palais, en prêtant attention, cette fois, à toutes les œuvres d'art qui étaient accrochées aux murs et aux plafonds. Il vit les jardins, les montagnes alentour, la délicatesse des fleurs, le raffinement avec lequel chacune des œuvres d'art était disposée à la place qui convenait. De retour auprès du Sage, il relata de façon détaillée tout ce qu'il avait vu.

« "Mais où sont les deux gouttes d'huile que je t'avais confiées ?" demanda le Sage.

« Le jeune homme, regardant alors la cuiller, constata qu'il les avait renversées.

« "Eh bien, dit alors le Sage des Sages, c'est là le seul conseil que j'aie à te donner : le secret du bonheur est de regarder toutes les merveilles du monde, mais sans jamais oublier les deux gouttes d'huile dans la cuiller." »

Le berger demeura sans rien dire. Il avait compris l'histoire du vieux roi. Un berger peut aimer les voyages, mais jamais il n'oublie ses brebis.

Le vieillard regarda le jeune homme et, de ses deux mains ouvertes, fit sur sa tête quelques gestes étranges.

Puis il rassembla ses moutons et s'en fut.

*

Surplombant la petite ville de Tarifa, existe une vieille forteresse jadis construite par les Maures ; et qui s'assied sur ses murailles peut voir de là une place, un marchand de pop-corn et un morceau de l'Afrique.

Melchisédec, le Roi de Salem, s'assit ce soir-là sur les remparts du fort, et sentit sur son visage le vent que l'on nomme levant. Les brebis, près de lui, ne cessaient de s'agiter, inquiètes, troublées par le changement de maître et tous ces bouleversements. Tout ce qu'elles désiraient, c'était seulement de quoi manger et boire.

Melchisédec observa le petit bateau qui s'éloignait du port. Jamais il ne reverrait le jeune berger, de même qu'il n'avait jamais revu Abraham, après lui avoir fait payer sa dîme. Et cependant, c'était son œuvre.

Les dieux ne doivent pas avoir de souhaits, car les dieux n'ont pas de Légende Personnelle. Toutefois, le Roi de Salem, dans son for intérieur, fit des vœux pour le succès du jeune homme.

« Dommage ! Il aura bientôt oublié mon nom, songea-t-il. J'aurais dû le lui répéter plusieurs fois. Quand il aurait parlé de moi, il aurait pu dire que je suis Melchisédec, le Roi de Salem. »

Puis il leva les yeux au ciel, un peu confus de ce qu'il venait de penser : « Je sais : ce n'est là que vanité des vanités, comme Toi-même l'as dit, Seigneur. Mais un vieux roi peut parfois avoir besoin de se sentir fier de lui. »

*

« Quel étrange pays que l'Afrique ! » pensa le jeune homme.

Il était assis dans une sorte de café, identique à d'autres cafés qu'il avait pu voir en parcourant les ruelles étroites de la ville. Des hommes fumaient une pipe géante, qu'ils se passaient de bouche en bouche. En l'espace de quelques heures, il avait vu des hommes qui se promenaient en se tenant par la main, des femmes au visage voilé, des prêtres qui montaient au sommet de hautes tours et se mettaient à chanter, tandis que tout le monde à l'entour s'agenouillait et se frappait la tête contre le sol.

« Pratiques d'infidèles », se dit-il. Lorsqu'il était enfant, il avait l'habitude de voir à l'église, dans son village, une statue de saint Jacques le Majeur sur son cheval blanc, l'épée dégainée, foulant aux pieds des personnages qui ressemblaient à ces gens. Il se sentait mal à l'aise et terriblement seul. Les infidèles avaient un regard sinistre.

De plus, dans la hâte du grand départ, il avait oublié un détail, un seul petit détail, qui pouvait bien le tenir éloigné de son trésor pendant un long temps : dans ce pays, tout le monde parlait arabe.

Le patron du café s'approcha, et lui désigna du doigt une boisson qu'il avait vu servir à une autre table. C'était du thé, un thé amer. Il aurait préféré boire du vin.

Mais ce n'était sûrement pas le moment de se soucier de ce genre de choses. Il devait plutôt ne penser qu'à son trésor, et à la façon de s'en emparer. La vente de ses moutons lui avait mis en poche une somme relativement importante, et il savait que l'argent est une chose magique : avec de l'argent, personne n'est jamais tout à fait seul. Dans peu de temps, l'affaire de quelques jours peut-être, il se trouverait au pied des Pyramides. Un vieil homme, avec tout cet or qui brillait sur sa poitrine, n'avait aucun besoin de raconter des mensonges pour se procurer six moutons.

Le vieux roi lui avait parlé de signes. Pendant la traversée du détroit, il avait pensé aux signes. Oui, il savait bien de quoi il parlait : durant tout ce temps passé dans les campagnes de l'Andalousie, il s'était accoutumé à lire sur la terre et dans les cieux les indications relatives au chemin qu'il devait suivre. Il avait appris que tel oiseau révélait la présence d'un serpent à proximité, que tel arbuste permettait de savoir qu'il y avait de l'eau à quelques kilomètres de là. Les moutons lui avaient enseigné ces choses.

« Si Dieu guide si bien les brebis, Il guidera aussi bien un homme », se dit-il ; et il se sentit rassuré. Le thé lui parut déjà moins amer.

« Qui es-tu ? » entendit-il demander, en langue espagnole.

Il ressentit un immense réconfort. Il songeait à des signes, et quelqu'un avait paru.

« Comment se fait-il que tu parles espagnol ? » demanda-t-il.

Le nouveau venu était un garçon vêtu à l'occidentale, mais la couleur de sa peau donnait à penser qu'il était bien de la ville. Il avait à peu près sa taille et son âge.

« Ici, presque tout le monde parle espagnol. Nous ne sommes qu'à deux petites heures de l'Espagne.

— Assieds-toi et commande quelque chose à mon compte. Et demande du vin pour moi. J'ai horreur de ce thé.

— Il n'y a pas de vin dans le pays, rétorqua l'autre. La religion l'interdit. »

Le jeune homme dit alors qu'il devait se rendre aux Pyramides. Il était sur le point de parler du trésor, mais préféra finalement n'en rien dire. L'Arabe aurait bien été capable d'en exiger une partie pour le conduire jusque-là. Il se souvint de ce que le vieillard lui avait dit au sujet des propositions.

« Je voudrais que tu m'emmènes là-bas, si c'est possible. Je peux te payer comme guide.

— Tu as une idée de la façon d'aller jusque là-bas ? »

Il remarqua alors que le patron du café se trouvait à proximité, en train d'écouter attentivement la conversation. Sa présence le gênait quelque peu. Mais il avait rencontré un guide, et il n'allait pas perdre cette occasion.

« Il faut traverser tout le désert du Sahara, dit le nouveau venu. Et, pour cela, il faut de l'argent. Je veux d'abord savoir si tu en as suffisamment. »

Le jeune homme trouva la question bien curieuse. Mais il avait confiance dans le vieil homme, et celui-ci lui avait dit que lorsqu'on veut vraiment quelque chose, tout l'Univers conspire en votre faveur.

Il retira son argent de sa poche et le montra à son nouveau compagnon. Le patron du café s'approcha encore et regarda également. Les deux hommes échangèrent alors quelques mots en arabe. Le patron semblait être en colère.

« Allons-nous-en, dit le jeune garçon. Il ne veut pas que nous restions ici. »

Le jeune homme se sentit plus tranquille. Il se leva pour payer ce qu'il devait, mais le patron le prit par le bras et se mit à débiter un long discours, sans pause. Le jeune homme était fort, mais il se trouvait en pays étranger. Ce fut son nouvel ami qui poussa le patron de côté et l'emmena, lui, à l'extérieur.

« Il en voulait à ton argent, dit-il. Tanger, ce n'est pas comme le reste de l'Afrique. Ici, nous sommes dans un port, et les ports sont tous des repaires de voleurs. »

Il pouvait donc se fier à son nouvel ami, qui était venu à son aide alors qu'il se trouvait dans une situation critique. Il tira l'argent de sa poche et le compta.

« Nous pouvons arriver demain au pied des Pyramides, dit l'autre, en prenant l'argent. Mais il faut que j'achète deux chameaux. »

Et ils s'en furent, ensemble, par les rues étroites de Tanger. Dans tous les coins et recoins, il y avait des étalages de marchandises à vendre. Ils arrivèrent finalement au milieu d'une grande place, où se tenait le marché. Des milliers de personnes étaient là, qui discutaient, vendaient, achetaient, les produits maraîchers voisinaient avec des poignards, des tapis, des pipes de toutes sortes. Le jeune homme ne quittait pas des yeux son nouvel ami. Il n'oubliait pas que celui-ci avait maintenant tout son argent entre les mains. Il songea bien à le lui redemander, mais se dit que ce serait manquer de délicatesse. Il ne connaissait pas les usages de ces terres étrangères dont il foulait maintenant le sol.

« Il suffit de le surveiller », pensa-t-il. Il était plus fort que l'autre.

Tout à coup, au milieu de cet énorme fouillis, voilà que ses yeux tombèrent sur la plus belle épée qu'il eût jamais vue. Le fourreau était en argent, la poignée noire, incrustée de pierres précieuses. Il se fit la promesse qu'à son retour d'Égypte il achèterait cette épée.

« Demande donc au marchand combien elle coûte », dit-il à son compagnon. Mais il s'aperçut qu'il avait eu deux secondes de distraction, tandis qu'il contemplait l'arme.

Son cœur se serra, comme si sa poitrine avait subitement rétréci. Il eut peur de regarder de côté, sachant bien ce qui l'attendait. Il resta les yeux fixés un moment sur la belle épée, puis, s'armant finalement de courage, il se retourna.

Tout autour de lui, le marché, les gens qui allaient et venaient, criaient, achetaient les tapis, les noisettes, les salades à côté des plateaux de cuivre, les hommes qui se tenaient par la main dans la rue, les femmes voilées, les parfums de mets exotiques... Mais nulle part, absolument nulle part, la silhouette de son compagnon.

Il voulut encore essayer de croire qu'ils s'étaient perdus de vue par hasard. Il décida de rester sur place, en espérant que l'autre allait revenir. Un moment après, un type monta dans l'une de ces fameuses tours et commença à chanter : tous ceux qui étaient là s'agenouillèrent, frappèrent le sol de leur front et se mirent à chanter à leur tour. Ensuite, comme une colonie de fourmis au travail, ils démontèrent leurs baraques et s'en allèrent.

Le soleil, de même, disparut. Le jeune homme le regarda pendant un long moment, jusqu'à ce qu'il fût caché derrière les maisons blanches qui entouraient la place. Il songea que, lorsque ce même soleil s'était levé ce matin-là, il se trouvait, lui, sur un autre continent, il était berger, possédait soixante moutons, et avait rendez-vous avec une jeune fille. Le matin, il savait tout ce qui devait arriver tandis qu'il marcherait à travers la campagne.

Et pourtant, maintenant que le soleil se couchait, il se trouvait dans un pays différent, étranger sur une terre étrangère, où il ne pouvait pas même comprendre la langue que les gens parlaient. Il n'était plus berger, et n'avait plus rien à lui, pas même l'argent nécessaire pour revenir sur ses pas et tout recommencer.

« Tout cela entre le lever et le coucher du même soleil », se dit-il. Et il s'apitoya sur lui-même, en pensant que, parfois, les choses changent, dans la vie, en l'espace d'un simple cri, avant même qu'on ait le temps de s'habituer à ces choses.

Il avait honte de pleurer. Jamais il n'avait pleuré devant ses propres brebis. Mais la place du marché était vide, et il était loin de sa patrie.

Il pleura. Il pleura parce que Dieu était injuste, et qu'Il récompensait de cette façon les gens qui croyaient à leurs propres rêves. « Quand j'étais avec mes moutons, j'étais heureux, et je faisais partager mon bonheur tout à l'entour. Les gens me voyaient arriver et m'accueillaient bien. Maintenant, je suis triste et malheureux. Que vais-je faire ? Je vais être plus amer et n'aurai plus confiance en personne parce qu'une personne m'a trahi. Je vais haïr tous ceux qui ont trouvé des trésors cachés, parce que je n'ai pas trouvé le mien. Et je vais continuellement chercher à conserver le peu que j'ai, parce que je suis trop petit pour embrasser le monde. »

Il ouvrit sa besace pour voir ce qu'il avait dedans ; peut-être restait-il encore un morceau du sandwich qu'il avait mangé à bord du bateau. Mais il ne trouva que le gros livre, le manteau, et les deux pierres que le vieil homme lui avait données.

À la vue de ces pierres, il éprouva un sentiment de grand réconfort. Il avait échangé six brebis contre deux pierres précieuses provenant d'un pectoral en or. Il pouvait les vendre, et acquérir ainsi son billet de retour. « Je serai désormais plus malin », pensa-t-il, tout en retirant les deux pierres de sa besace pour les cacher au fond de sa poche. C'était ici un port, et la seule chose vraie que ce type lui eût dite était bien celle-ci : un port est toujours plein de voleurs.

Maintenant, il comprenait enfin les efforts désespérés du patron, dans le café : il essayait de lui dire de ne pas se fier à cet homme. « Je suis comme tous les autres : je vois le monde comme je souhaiterais que les choses se produisent, et non comme elles se produisent réellement. »

Il resta à considérer les pierres. Il caressa doucement chacune d'elles, éprouva leur température, leur surface lisse. Elles étaient son trésor. Le seul fait de les toucher lui procura une sorte d'apaisement. Elles lui rappelaient le souvenir du vieil homme.

« Quand tu veux vraiment une chose, lui avait dit celui-ci, tout l'Univers conspire à faire en sorte que tu parviennes à l'obtenir. »

Il aurait voulu comprendre comment cela pouvait être vrai. Il se trouvait là, sur une place de marché déserte, sans un sou en poche, sans brebis à garder pour la nuit. Mais les pierres constituaient la preuve qu'il avait bien rencontré un roi – un roi qui connaissait son histoire personnelle, qui était au courant de ce qu'il avait fait avec l'arme de son père, et de sa première expérience sexuelle.

« Les pierres servent à la divination. Elles se nomment Ourim et Toumim. »

Il les remit à leur place dans le sac et décida de faire l'expérience. Le vieux avait dit qu'il fallait poser des questions claires, parce que les pierres ne pouvaient servir que si l'on savait ce qu'on voulait.

Le jeune homme, alors, demanda si la bénédiction du vieillard était toujours sur lui.

Il retira l'une des pierres. C'était « oui ».

« Est-ce que je vais trouver mon trésor ? » interrogea-t-il.

Il plongea la main dans la besace et allait saisir l'une des pierres, quand elles glissèrent toutes deux par un trou qu'il y avait dans le tissu. Il ne s'était jamais aperçu que sa besace était déchirée. Il se baissa pour ramasser Ourim et Toumim et les remettre à l'intérieur du sac. Mais, en les voyant par terre, une autre phrase lui revint en mémoire :

« Apprends à respecter et à suivre les signes », avait également dit le vieux roi.

Un signe. Le jeune homme se mit à rire tout seul. Puis il ramassa les deux pierres et les remit dans sa besace. Il n'avait pas l'intention de la recoudre ; les pierres pourraient s'échapper par ce trou quand elles voudraient. Il avait compris qu'il y a certaines choses qu'on ne doit pas demander – pour ne pas échapper à son propre destin.

« J'ai promis de prendre mes propres décisions », dit-il en lui-même.

Mais les pierres avaient dit que le vieillard était toujours à ses côtés, et cette réponse lui redonna confiance. Il considéra de nouveau le marché désert, et ne ressentit plus le désespoir qu'il avait éprouvé auparavant. Ce n'était plus un monde étranger : c'était un monde nouveau.

Après tout, ma foi, c'était justement cela qu'il voulait : connaître des mondes nouveaux. Même s'il ne devait jamais arriver jusqu'aux Pyramides, il était déjà allé beaucoup plus loin que n'importe quel berger de sa connaissance.

« Ah ! s'ils savaient qu'à moins de deux heures de bateau il existe tant de choses différentes… »

Le monde nouveau apparaissait devant ses yeux sous la forme d'un marché désert, mais il avait déjà vu cette place pleine de vie, et il ne l'oublierait plus jamais. Il se souvint de l'épée ; il avait payé le prix fort pour la contempler un instant, mais aussi n'avait-il jamais rien vu de semblable jusque-là. Il eut soudain le sentiment qu'il pouvait regarder le monde soit comme la malheureuse victime d'un voleur, soit comme un aventurier en quête d'un trésor.

« Je suis un aventurier en quête d'un trésor », pensa-t-il, avant de sombrer, épuisé, dans le sommeil.

*

Il se réveilla en sentant quelqu'un le secouer par l'épaule. Il avait dormi en plein milieu de la place du marché, qui allait maintenant reprendre son animation.

Il regarda autour de lui, cherchant ses moutons, et se rendit compte qu'il était maintenant dans un autre monde. Au lieu d'en éprouver de la tristesse, il se sentit heureux. Il n'avait plus à partir en quête d'eau et de nourriture, et il pouvait se lancer à la recherche d'un trésor. Il n'avait pas un sou en poche, mais il avait foi en la vie. Il avait choisi, la veille au soir, d'être un aventurier semblable aux personnages des livres qu'il avait l'habitude de lire.

Il se mit à se promener sans hâte sur la place. Les marchands commencèrent à monter leurs baraques ; il aida un homme qui vendait des sucreries à installer la sienne. Il y avait sur le visage de cet homme-là un sourire qui n'était pas comme les autres : il était plein d'allégresse, ouvert à la vie, prêt à attaquer une bonne journée de travail. C'était un sourire qui, d'une certaine façon, rappelait le vieillard, ce vieux roi mystérieux dont il avait fait la connaissance. « Ce marchand ne fabrique pas des friandises parce qu'il voudrait voyager, ou épouser la fille d'un commerçant. Non, il confectionne des sucreries parce qu'il aime ce métier », pensa le jeune homme. Et il observa qu'il était capable de faire comme le vieillard : savoir si quelqu'un est proche ou éloigné de sa Légende Personnelle rien qu'en regardant cette personne. « C'est facile, et je ne m'en étais encore jamais aperçu. »

Quand ils eurent fini d'installer la baraque, le bonhomme lui offrit la première pâtisserie qu'il venait de préparer. Il la mangea avec grand plaisir, remercia, et se mit en route. Alors qu'il était déjà à quelque distance, il se fit la réflexion que la baraque avait été montée par deux personnes, dont l'une parlait arabe et l'autre parlait espagnol.

Et cependant, ces deux personnes s'étaient parfaitement entendues.

« Il existe un langage qui est au-delà des mots, se dit-il. J'avais déjà eu cette expérience avec les brebis, voici maintenant que je fais la même avec les hommes. »

Il était donc en train d'apprendre diverses choses nouvelles. Des choses dont il avait déjà eu l'expérience, et qui pourtant étaient nouvelles parce qu'elles s'étaient trouvées sur son chemin sans qu'il s'en fût rendu compte. Et cela parce qu'il avait l'habitude de ces choses. « Si je peux apprendre à déchiffrer ce langage qui se passe des mots, je parviendrai à déchiffrer le monde. »

« Tout est une seule et unique chose », avait dit le vieil homme.

Il décida de flâner tout tranquillement dans les petites rues de Tanger : c'était seulement de cette façon qu'il réussirait à percevoir les signes. Cela exigeait sans doute une bonne dose de patience, mais la patience est la première vertu qu'apprend un berger.

Une fois encore, il comprit qu'il mettait en pratique dans ce monde étranger les mêmes leçons que lui avaient enseignées ses brebis.

« Tout est une seule et unique chose », avait dit le vieil homme.

*

Le Marchand de Cristaux vit le jour se lever et ressentit la même impression d'angoisse qu'il éprouvait chaque matin. Il était depuis près de trente ans dans ce même endroit, une boutique située au sommet d'une rue en pente, où il était bien rare que passât un client. Maintenant, il était trop tard pour changer quoi que ce fût : tout ce qu'il avait appris au cours de sa vie, c'était acheter et vendre des cristaux. Il y avait eu un temps où sa boutique était connue de beaucoup de gens : marchands arabes, géologues français et anglais, soldats allemands, qui avaient toujours de l'argent plein les poches. En ce temps-là, c'était une grande aventure que de vendre des cristaux, et il imaginait comment il allait devenir un homme riche, et toutes ces belles femmes qu'il aurait un jour, quand il serait vieux.

Et puis le temps passa, peu à peu, et la cité de même. Ceuta prospéra plus que Tanger, et le commerce prit une autre voie. Les voisins partirent s'installer ailleurs, et il ne resta bientôt plus que quelques rares boutiques dans la montée. Personne n'allait gravir une rue en pente pour quelques malheureuses boutiques.

Mais le Marchand de Cristaux n'avait pas le choix. Il avait vécu trente ans de sa vie à acheter et vendre des objets de cristal, et il était maintenant trop tard pour s'engager dans une nouvelle direction.

Toute la matinée, il resta à observer les allées et venues, peu nombreuses, dans la petite rue. C'était ce qu'il faisait depuis des années, et il connaissait les habitudes de chacun des passants.

Alors qu'il manquait à peine quelques minutes avant l'heure du déjeuner, un jeune étranger s'arrêta devant la vitrine. Il était habillé comme tout le monde, mais l'œil expérimenté du Marchand de Cristaux lui permit de deviner qu'il n'avait pas d'argent. Malgré tout, il décida de rentrer dans sa boutique et d'attendre quelques minutes que le jeune homme s'en allât.

*

Il y avait à la porte un écriteau indiquant qu'on parlait là plusieurs langues. Le jeune homme vit apparaître quelqu'un derrière le comptoir.

« Si vous voulez, dit-il, je peux nettoyer ces vases. Dans l'état où ils sont, personne ne voudra jamais les acheter. »

Le commerçant le regarda sans rien dire.

« En échange, vous me payez quelque chose à manger, d'accord ? »

L'homme restait muet. Il comprit que c'était à lui de prendre une décision. Dans sa besace, il y avait le manteau, et il n'en aurait plus besoin dans le désert. Il le sortit, et se mit à nettoyer les vases. Durant une demi-heure, il put nettoyer tous les cristaux qui se trouvaient en vitrine. Pendant ce laps de temps, deux clients entrèrent, qui en achetèrent plusieurs.

Lorsqu'il eut fini de tout nettoyer, il demanda au propriétaire de lui donner quelque chose à manger.

« Allons déjeuner », dit le Marchand de Cristaux.

Il accrocha une pancarte à la porte, et ils allèrent jusqu'à un tout petit bar en haut de la montée. Une fois qu'ils furent assis à l'unique table existante, le Marchand de Cristaux dit en souriant :

« Ce n'était pas la peine de nettoyer quoi que ce

soit. La loi coranique oblige à donner à manger à quiconque a faim.

— Mais alors, pourquoi m'avez-vous laissé faire ce travail ? demanda le jeune garçon.

— Parce que les cristaux étaient sales. Et toi comme moi avions besoin de nettoyer nos têtes de mauvaises pensées. »

Quand ils eurent fini de manger, le Marchand se tourna vers le jeune homme :

« Je voudrais que tu travailles dans mon magasin. Aujourd'hui, il est entré deux clients pendant que tu nettoyais les cristaux : c'est un bon signe. »

« Les gens parlent beaucoup de signes, pensa le berger. Mais ils ne savent pas au juste de quoi ils parlent. Comme moi, qui ne m'étais jamais aperçu que, depuis tant d'années, je parlais avec mes brebis un langage sans paroles. »

« Veux-tu travailler pour moi ? » Le Marchand de Cristaux insistait.

« Je peux travailler pour le reste de la journée, répondit le garçon. Je nettoierai jusqu'au petit matin tous les cristaux de la boutique. En échange, il me faut de l'argent pour être demain en Égypte. »

Du coup, le vieux se mit à rire.

« Même si tu nettoyais mes cristaux pendant toute une année, même si tu gagnais une bonne commission sur la vente de chacun d'entre eux, il te faudrait encore emprunter de l'argent pour aller jusqu'en Égypte. Il y a des milliers de kilomètres de désert entre Tanger et les Pyramides. »

Il y eut alors un intervalle de silence tel que la ville parut soudain s'être endormie. Il n'y avait plus de bazars, c'en était fini des discussions entre marchands, des hommes qui montaient dans les minarets et qui chantaient, des belles épées à la poignée tout incrustée. Fini de l'espérance et de l'aventure, des vieux rois et des Légendes Personnelles. Plus de trésor, plus de pyramides. C'était comme si le monde tout entier était devenu muet parce que l'âme du jeune garçon faisait silence. Il n'y avait ni douleur, ni souffrance, ni déception : simplement un regard vide qui traversait la petite porte du bar, et une immense envie de mourir, de tout voir finir pour toujours à cette minute même.

Le Marchand le regarda, ébahi. C'était comme si toute l'allégresse qu'il avait pu voir ce matin-là s'était subitement envolée.

« Je peux te donner de l'argent pour que tu retournes dans ton pays, mon fils », dit le Marchand de Cristaux.

Le jeune homme resta silencieux. Puis il se leva, rajusta ses vêtements, et ramassa sa besace.

« Je vais travailler chez vous », dit-il.

Et, après un autre silence prolongé, il ajouta, pour finir :

« Il me faut de l'argent pour acheter quelques moutons. »

*

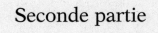

Seconde partie

Il n'y avait pas loin d'un mois que le jeune homme travaillait chez le Marchand de Cristaux, et ce n'était pas un emploi de nature à le satisfaire vraiment. Le Marchand ne cessait de bougonner toute la journée derrière son comptoir, en lui recommandant constamment de faire attention aux objets, pour ne rien casser.

Il restait là, cependant, parce que, si le Marchand était sans doute un vieux grognon, du moins n'était-il pas injuste ; l'employé recevait une assez jolie commission sur chaque pièce vendue, et il avait déjà pu économiser quelque argent. Ce matin-là, il avait fait ses calculs : en continuant à travailler tous les jours dans les mêmes conditions, il lui faudrait une année entière pour pouvoir acheter quelques moutons.

« J'aimerais bien faire un éventaire pour les cristaux, dit-il à son patron. On pourrait mettre une étagère à l'extérieur, qui attirerait les passants depuis le pied de la montée, là en bas.

— Je n'ai jamais fait une chose pareille, répondit le Marchand. Une étagère, les gens l'accrochent au passage, et les cristaux se brisent.

— Quand je parcourais la campagne avec mes brebis, elles pouvaient toujours être victimes de la morsure d'un serpent. Mais ce risque fait partie de la vie des moutons et des bergers. »

Le Marchand alla servir un client qui voulait acheter trois vases de cristal. Il vendait maintenant mieux que jamais, comme si le monde était revenu en arrière, au temps où la rue était l'une des principales attractions de Tanger.

« Il y a de plus en plus de passage, dit-il à son employé quand le client fut parti. Ce qu'on gagne me permet de vivre mieux, et te permettra de retrouver tes moutons dans peu de temps. À quoi bon en demander davantage à la vie ?

— Parce que nous devons suivre les signes », répondit le jeune homme, sans réfléchir. Il regretta d'avoir parlé ainsi, car le Marchand n'avait jamais eu l'occasion de rencontrer un roi.

« C'est ce qu'on appelle le Principe Favorable, avait dit le vieillard. La Chance du Débutant. Parce que la vie veut que tu vives ta Légende Personnelle. »

Toutefois, le Marchand comprenait bien de quoi lui parlait son employé. La seule présence de ce dernier dans la boutique constituait un signe et, au fil des jours, avec l'argent qu'il encaissait, il ne songeait pas à regretter d'avoir embauché le jeune Espagnol. Même si celui-ci gagnait plus qu'il n'eût été normal ; comme il avait toujours cru que les ventes n'augmenteraient pas davantage, il lui avait offert une commission assez élevée ; et son intuition lui disait que, d'ici peu, le garçon retournerait à ses brebis.

« Pourquoi voulais-tu aller voir les Pyramides ? demanda-t-il, pour détourner la conversation du sujet de l'éventaire.

— Parce qu'on m'en a souvent parlé », répondit le jeune homme, évitant de parler de son rêve. Le trésor était maintenant un souvenir toujours pénible, et il s'efforçait de n'y plus penser.

« Je ne connais personne ici qui veuille traverser le désert simplement pour aller voir les Pyramides, dit le Marchand. Ce n'est qu'un tas de cailloux. Tu peux aussi bien te construire une pyramide dans ton jardin.

— Vous n'avez jamais fait de rêves de voyage », dit le jeune homme, tout en allant servir un autre client qui venait d'entrer dans la boutique.

Le surlendemain, le bonhomme reparla de l'éventaire à son jeune employé :

« Je n'aime pas beaucoup les changements, dit-il. Ni toi ni moi ne sommes comme Hassan, qui est, lui, un riche commerçant. S'il se trompe en faisant un achat, cela ne le dérange pas trop. Mais nous deux, nous devons supporter le poids de nos erreurs. »

« Voilà qui est vrai », pensa le jeune homme.

« Pourquoi as-tu envie de cet éventaire ? demanda le Marchand.

— Je veux retourner plus vite à mes brebis. Quand la chance est de notre côté, il faut en profiter, et tout faire pour l'aider de la même façon qu'elle nous aide. C'est ce qu'on appelle le Principe Favorable. Ou encore la Chance du Débutant. »

Le vieux resta un moment sans rien dire. Puis :

« Le Prophète nous a donné le Coran, et nous a imposé seulement cinq obligations à observer au cours de notre existence. La plus importante est celle-ci : il n'existe qu'un Dieu et un seul. Les autres obligations sont : la prière cinq fois par jour, le jeûne du Ramadan, et le devoir de charité envers les pauvres. »

Il se tut. Ses yeux s'emplirent de larmes tandis qu'il parlait du Prophète. C'était un homme plein de ferveur et, même s'il se montrait souvent impatient, il s'efforçait de vivre en accord avec la loi musulmane.

« Et quelle est la cinquième obligation ? demanda le jeune homme.

— Voici deux jours, tu m'as dit que je n'avais jamais fait de rêves de voyage, répondit le Marchand. La cinquième obligation de tout bon musulman est de faire un voyage. Nous devons, au moins une fois dans notre vie, aller à la ville sainte de La Mecque.

« La Mecque est encore bien plus loin que les Pyramides. Quand j'étais jeune, j'ai préféré investir le peu d'argent que j'avais dans l'ouverture de ce commerce. J'espérais être un jour assez riche pour aller à La Mecque. J'ai commencé en effet à gagner de l'argent, mais je ne pouvais confier à personne le soin des cristaux, car les cristaux sont des objets délicats. Pendant ce temps, je voyais passer dans ma boutique des quantités de gens qui étaient en route pour La Mecque. Il y avait des pèlerins fortunés, qui étaient accompagnés de tout un cortège de domestiques et de chameaux, mais la plupart étaient bien plus pauvres que moi.

« Tous partaient et revenaient heureux, et plaçaient à la porte de leur demeure les symboles du pèlerinage effectué. L'un de ces pèlerins, un cordonnier qui gagnait sa vie à réparer les chaussures des uns et des autres, m'a dit qu'il avait marché près d'un an dans le désert, mais qu'il se sentait beaucoup plus fatigué quand il avait dû parcourir quelques pâtés de maisons à Tanger pour aller acheter du cuir.

— Et pourquoi n'allez-vous pas maintenant à La Mecque ? demanda le jeune homme.

— Parce que c'est La Mecque qui me maintient en vie. C'est ce qui me donne la force de supporter tous ces jours qui se ressemblent, ces vases plantés là sur les étagères, le déjeuner et le dîner dans ce restaurant minable. J'ai peur de réaliser mon rêve et n'avoir ensuite plus aucune raison de continuer à vivre.

« Toi, tu rêves de moutons et de pyramides. Tu n'es pas comme moi, parce que tu veux réaliser tes rêves. Moi, tout ce que je veux, c'est rêver de La Mecque. J'ai déjà imaginé des milliers de fois la traversée du désert, mon arrivée sur la place où se trouve la Pierre Sacrée, les sept tours que je dois accomplir autour d'elle avant de pouvoir la toucher. J'ai déjà imaginé qui sera à mes côtés, qui devant moi, les propos et les prières que nous échangerons et dirons ensemble. Mais j'ai peur que ce ne soit une immense déception, de sorte que je préfère encore me contenter de rêver. »

Ce jour-là, le Marchand donna au jeune garçon l'autorisation de construire l'éventaire.

Tout le monde ne peut pas voir ses rêves de la même façon.

*

Deux mois encore passèrent. L'éventaire attira de nombreux clients à la boutique de cristaux. Le jeune homme calcula qu'en travaillant six mois de plus il pourrait retourner en Espagne et acheter soixante moutons, et même soixante de plus. En moins d'un an, il aurait ainsi doublé son troupeau, et pourrait négocier avec les Arabes, car il avait réussi à apprendre cette langue étrange. Depuis ce fameux matin sur la place du marché, il ne s'était plus servi d'Ourim et de Toumim, parce que l'Égypte était devenue pour lui un rêve aussi lointain que l'était La Mecque pour le Marchand de Cristaux. Toutefois, il était maintenant satisfait de son emploi et ne cessait de penser au jour où il débarquerait en vainqueur à Tarifa.

« Souviens-toi de toujours savoir ce que tu veux », avait dit le vieux roi. Le jeune homme savait ce qu'il voulait, et travaillait dans ce but. Peut-être son trésor était-il d'être venu sur cette terre étrangère, d'être tombé sur un voleur, et de multiplier par deux le nombre de ses moutons sans avoir dépensé un centime.

Il était fier de lui. Il avait appris des choses importantes ; comme le commerce des cristaux, le langage sans paroles, et les signes. Un après-midi, il vit un homme en haut de la montée, qui se plaignait qu'on ne pût trouver un endroit convenable pour boire quelque chose après avoir gravi cette rampe. Le jeune homme connaissait maintenant le langage des signes, et alla trouver son patron pour lui parler :

« Nous devrions offrir du thé aux gens qui montent la rampe, lui dit-il.

— Il y a déjà beaucoup d'endroits, par ici, où l'on peut prendre le thé, répondit le Marchand.

— Nous pourrions le servir dans des verres en cristal. De cette façon, les gens apprécieront le thé, et voudront acheter les cristaux. Car ce qui séduit le plus les hommes, c'est la beauté. »

Le Marchand considéra son employé pendant un certain temps, sans rien répondre. Mais, ce soir-là, après avoir fait ses prières et fermé le magasin, il s'assit sur le trottoir et l'invita à fumer avec lui le narguilé, cette curieuse pipe que fument les Arabes.

« Après quoi cours-tu ? demanda le vieux Marchand de Cristaux.

— Je vous l'ai dit : j'ai besoin de racheter mes brebis. Et pour cela il faut de l'argent. » Le vieil homme mit de nouvelles braises dans le narguilé et aspira une longue bouffée.

« Voilà trente ans que je tiens cette boutique. Je connais le cristal de bonne et de mauvaise qualité, je connais à fond toutes les particularités de ce commerce. Je suis habitué à mon magasin, à sa dimension, à sa clientèle. Si tu te mets à vendre du thé dans des verres en cristal, l'affaire va prendre davantage d'importance. Et moi, je devrai changer ma façon de vivre.

— Est-ce que ce ne serait pas une bonne chose ?

— Je suis accoutumé à mon existence. Avant ta venue, je pensais que j'avais perdu tout ce temps dans le même endroit, cependant que tous mes amis, au contraire, changeaient, que leurs affaires périclitaient ou prospéraient. Cela me plongeait dans une très grande tristesse. Maintenant, je sais que ce n'était pas vraiment ainsi : en fait, la boutique a exactement la taille que j'ai toujours souhaitée. Je ne veux pas changer, parce que je ne sais comment changer. Je suis désormais tout à fait habitué à moi-même. »

Le jeune homme ne savait que dire. Le vieux reprit alors :

« Tu as été pour moi une bénédiction. Et voici qu'aujourd'hui je comprends une chose : c'est que toute bénédiction qui n'est pas acceptée se transforme en malédiction. Je n'attends plus rien de la vie. Et toi, tu m'obliges à entrevoir des richesses et des horizons dont je n'avais jamais eu idée. Alors, maintenant que je les connais, et que je connais mes immenses possibilités, je vais me sentir beaucoup plus mal que je n'étais auparavant. Parce que je sais que je peux tout avoir, mais je ne le veux pas. »

« Heureusement que je n'avais rien dit au marchand de pop-corn », se dit le jeune homme.

Ils continuèrent à fumer le narguilé pendant quelque temps, cependant que le soleil se couchait. C'était en arabe qu'ils conversaient, et le jeune homme était content de lui, parce qu'il parlait arabe. Il y avait eu une époque où il croyait que ses brebis pouvaient tout lui apprendre sur le monde. Mais les brebis étaient incapables d'enseigner l'arabe.

« Il doit y avoir encore d'autres choses, dans le monde, que les brebis ne savent pas enseigner, pensa-t-il, tout en observant le Marchand sans rien dire. Parce qu'elles ne cherchent rien d'autre que l'eau et la nourriture. Je crois que ce ne sont pas elles qui enseignent : c'est moi qui apprends. »

« Mektoub, dit finalement le Marchand.

— Qu'est-ce que c'est que ça ?

— Il faudrait que tu sois né arabe pour comprendre. Mais la traduction doit être quelque chose comme "c'est écrit". »

Et, tout en éteignant les braises du narguilé, il dit au jeune homme qu'il pouvait commencer à proposer du thé aux clients dans les verres en cristal.

Certaines fois, il est impossible de contenir le fleuve de la vie.

*

Les gens gravissaient la rue en pente et se sentaient fatigués en arrivant là-haut. Alors, tout au bout de cette rampe, se trouvait une boutique de beaux cristaux, et du thé à la menthe bien rafraîchissant. Ils entraient boire le thé, servi dans de magnifiques verres en cristal.

« Jamais ma femme n'a eu cette idée », disait un homme ; et il achetait quelques cristaux, car il avait des invités ce soir-là et ceux-ci seraient impressionnés par la richesse de ces coupes. Un autre client affirma pour sa part que le thé était toujours bien meilleur quand on le servait dans des récipients en cristal, car ainsi l'arôme se conservait mieux. Un troisième dit encore qu'il était de tradition en Orient d'utiliser le cristal avec le thé, en raison de ses pouvoirs magiques.

En peu de temps, la nouvelle se répandit, et beaucoup de gens se mirent à monter jusqu'au sommet de la rampe pour connaître la boutique qui avait inauguré cette nouveauté dans un commerce si ancien. D'autres boutiques ouvrirent, où l'on servait aussi le thé dans des verres en cristal, mais elles n'étaient pas situées en haut d'une rue en pente, ce qui fait qu'elles restaient toujours vides.

Très vite, le Marchand fut amené à embaucher deux autres employés. Il dut bientôt importer, en même temps que les cristaux, d'énormes quantités de thé, consommées jour après jour par les hommes et les femmes qui avaient soif de choses nouvelles.

Ainsi passèrent six mois.

*

Le jeune homme s'éveilla avant le lever du soleil. Onze mois et neuf jours s'étaient écoulés depuis qu'il avait pour la première fois foulé le sol du continent africain.

Il revêtit le costume arabe, en lin blanc, qu'il avait acheté spécialement pour ce jour-là. Il se coiffa du turban, tenu par un anneau en cuir de chameau. Enfin, il chaussa ses sandales neuves, et descendit sans faire aucun bruit.

La ville dormait encore. Il se fit un sandwich au sésame et but du thé chaud dans un verre en cristal. Ensuite, il s'assit sur le seuil de la boutique et se mit à fumer le narguilé, tout seul.

Il fuma en silence, sans penser à rien, sans rien entendre que la rumeur continue du vent qui soufflait en apportant l'odeur du désert. Puis, quand il eut fini, il plongea la main dans l'une de ses poches et resta quelques instants à contempler ce qu'il en avait retiré.

Il y avait là une belle somme d'argent. De quoi acheter cent vingt moutons, son billet de retour, et une licence d'importation et d'exportation entre son pays et le pays où il se trouvait actuellement.

Il attendit patiemment que le vieillard s'éveillât à son tour et vînt ouvrir le magasin. Ils allèrent alors prendre le thé ensemble.

« C'est aujourd'hui que je m'en vais, dit le jeune homme. J'ai l'argent qu'il faut pour acheter mes moutons. Et vous en avez assez pour aller à La Mecque. »

Le vieillard ne dit rien.

« Je vous demande votre bénédiction, insista-t-il. Vous m'avez aidé. »

Le vieillard continua à préparer le thé en silence. Enfin, au bout d'un certain temps, il se tourna vers le jeune homme.

« Je suis fier de toi, dit-il. Tu as donné une âme à ma boutique de cristaux. Mais je n'irai pas à La Mecque, tu le sais bien. Comme tu sais aussi que tu ne rachèteras pas de moutons.

— Qui vous a dit cela ? demanda le jeune homme, abasourdi.

— Mektoub », dit simplement le vieux Marchand de Cristaux.

Et il le bénit.

*

Le jeune homme alla dans sa chambre et rassembla tout ce qui lui appartenait. Cela faisait trois sacoches bien remplies. Juste au moment de partir, il remarqua que, dans un coin de la pièce, il y avait encore sa vieille besace de berger. Elle était en piteux état, et il avait bien failli oublier jusqu'à son existence. Dedans, il y avait toujours son bouquin, ainsi que le manteau. Lorsqu'il retira celui-ci, pensant en faire cadeau au premier garçon qu'il rencontrerait dans la rue, les deux pierres roulèrent par terre. Ourim et Toumim.

Il se souvint alors du vieux roi et fut tout surpris de s'apercevoir qu'il n'avait plus pensé à cette rencontre depuis bien longtemps. Pendant toute une année, il avait travaillé sans répit, en se préoccupant seulement de gagner assez d'argent pour ne pas devoir retourner en Espagne la tête basse.

« Ne renonce jamais à tes rêves, avait dit le vieux roi. Sois attentif aux signes. »

Il ramassa par terre Ourim et Toumim, et eut à nouveau l'étrange sensation que le roi se trouvait à proximité. Il avait travaillé dur tout au long de cette année, et les signes indiquaient que le moment de partir était venu.

« Je vais me retrouver exactement tel que j'étais avant, pensa-t-il. Et les brebis ne m'ont pas enseigné à parler arabe. »

Et pourtant, les brebis avaient enseigné une chose autrement importante : qu'il y avait dans le monde un langage qui était compris de tous et que lui-même avait employé pendant tout ce temps pour faire progresser la boutique. C'était le langage de l'enthousiasme, des choses que l'on fait avec amour, avec passion, en vue d'un résultat que l'on souhaite obtenir ou en quoi l'on croit. Tanger n'était maintenant plus pour lui une ville étrangère, et il eut le sentiment que, de même qu'il avait fait la conquête de ce lieu, de même il pourrait conquérir le monde.

« Lorsque tu veux vraiment une chose, tout l'Univers conspire à te permettre de réaliser ton désir », avait dit le vieux roi.

Mais le vieux roi n'avait pas parlé de voleurs, de déserts immenses, de gens qui connaissent leurs rêves mais ne veulent pas les réaliser. Le vieux roi n'avait pas dit que les Pyramides étaient tout juste un tas de cailloux, et que n'importe qui pouvait faire un tas de cailloux dans son jardin. Et il avait aussi oublié de dire que, lorsqu'on a assez d'argent pour acheter un plus gros troupeau que celui qu'on avait avant, on se doit d'acheter ce troupeau.

Il ramassa la besace et la prit avec ses autres sacs. Il descendit l'escalier ; le vieux bonhomme était en train de servir un couple d'étrangers, cependant que d'autres clients, dans la boutique, prenaient le thé dans des verres en cristal. Pour cette heure matinale, c'était un bon début de journée. De l'endroit où il se trouvait, il remarqua pour la première fois que la chevelure du Marchand de Cristaux rappelait tout à fait celle du vieux roi. Il se souvint du sourire qu'avait le marchand de sucreries, le premier jour qu'il s'était réveillé à Tanger, alors qu'il n'avait ni où aller ni de quoi manger : ce sourire, lui aussi, évoquait le souvenir du vieux roi.

« Comme s'il était passé par ici et qu'il y ait laissé une empreinte », pensa-t-il. À croire que chacune de ces personnes avait eu l'occasion de connaître le roi à un moment ou un autre de son existence. Il avait bien dit, en vérité, qu'il apparaissait toujours à celui qui vit sa Légende Personnelle.

Il partit sans faire ses adieux au Marchand de Cristaux. Il ne voulait pas pleurer : on aurait pu le voir. Mais il allait regretter toute cette période, et toutes les bonnes choses qu'il avait apprises. Il avait davantage confiance en lui, et se sentait l'envie de conquérir le monde.

« Mais je m'en vais vers les campagnes que je connais déjà, mener à nouveau mes moutons. » Et il n'était plus aussi satisfait de sa décision. Il avait travaillé toute une année pour réaliser un rêve, et ce rêve, de minute en minute, perdait peu à peu de son importance. Peut-être parce que ce n'était pas son rêve, en fin de compte.

« Qui sait, après tout, s'il ne vaut pas mieux être comme le Marchand de Cristaux ? Ne jamais aller à La Mecque, et vivre de l'envie de s'y rendre. » Mais il tenait dans ses mains Ourim et Toumim et ces deux pierres lui communiquaient la force et la volonté du vieux roi. Par l'effet d'une coïncidence – ou d'un signe, pensa-t-il – il arriva au café dans lequel il était entré le premier jour. Son voleur n'y était pas, et le patron lui apporta un verre de thé.

« Je pourrai toujours redevenir berger, se dit-il. J'ai appris à soigner les moutons, et jamais je ne pourrai oublier comment ils sont. Mais peut-être n'aurai-je plus d'autre occasion d'aller jusqu'aux Pyramides d'Égypte. Le vieil homme avait un pectoral en or, et connaissait mon histoire. C'était un vrai roi, un roi savant. »

Il se trouvait à deux heures à peine, en bateau, des plaines d'Andalousie, mais entre lui et les Pyramides il y avait un désert. Il comprit que la situation pouvait être envisagée aussi de la manière suivante : en vérité, il se trouvait maintenant à deux heures de moins de son trésor. Même si, pour faire ce trajet de deux heures, il avait dû mettre tout près d'une année entière.

« Je sais bien pourquoi je veux retourner à mes brebis. Je connais déjà les brebis ; elles ne demandent pas beaucoup de travail, et on peut les aimer. Je ne sais pas si le désert peut être aimé, mais c'est le désert qui recèle mon trésor. Si je n'arrive pas à le trouver, je pourrai toujours rentrer chez moi. Pourtant, la vie m'a donné tout d'un coup l'argent suffisant, et j'ai tout le temps qu'il me faut. Alors, pourquoi non ? »

Il ressentit en cet instant une immense allégresse. Il pourrait toujours redevenir un berger. Il pourrait toujours redevenir un vendeur de cristaux. Peut-être que le monde recelait beaucoup d'autres trésors cachés, mais lui avait fait un rêve qui s'était répété, et il avait rencontré un roi. Cela n'arrivait pas à tout le monde.

Il était tout content quand il ressortit du café. Il venait de se rappeler que l'un des fournisseurs du Marchand lui apportait ses cristaux grâce aux caravanes qui traversaient le désert. Il garda Ourim et Toumim entre ses mains ; à cause de ces deux pierres, voilà qu'il revenait sur la route de son trésor.

« Je suis toujours à côté de ceux qui vivent leur Légende Personnelle », avait dit le vieux roi.

Il n'avait rien à perdre à aller jusqu'à l'entrepôt, pour savoir si les Pyramides se trouvaient réellement si loin.

*

L'Anglais était assis, à l'intérieur d'un bâtiment qui sentait les bêtes, la sueur, la poussière. On ne pouvait guère appeler cela un entrepôt ; c'était tout juste un enclos à bétail.

« Toute mon existence pour en arriver à passer par un endroit comme celui-ci, se dit-il, tout en feuilletant distraitement une revue de chimie. Dix années d'études m'amènent dans un enclos à bétail ! »

Mais il fallait poursuivre. Il fallait croire aux signes. Toute sa vie, toutes ses études s'étaient centrées sur la recherche du langage unique que parle l'Univers. Au début, il s'était intéressé à l'espéranto, puis aux religions, et pour finir à l'alchimie. Il savait parler l'espéranto, entendait parfaitement les diverses religions, mais ce n'était pas encore un alchimiste. Il avait réussi, sans doute, à déchiffrer des choses importantes. Mais ses recherches en étaient arrivées au point où il ne parvenait pas à aller plus loin. Il avait tenté, sans succès, d'entrer en relation avec un alchimiste, quel qu'il fût. Seulement, les alchimistes étaient d'étranges personnages, qui ne pensaient qu'à eux-mêmes et refusaient presque toujours leur aide. Qui sait s'ils n'avaient pas découvert le secret du Grand Œuvre –

autrement dit, la Pierre Philosophale – et si ce n'était pas pour cette raison qu'ils s'enfermaient dans le silence ?

Il avait déjà dépensé une partie de la fortune que son père lui avait laissée, en cherchant, vainement, la Pierre Philosophale. Il avait fréquenté les meilleures bibliothèques du monde, acheté les ouvrages les plus importants et les plus rares concernant l'alchimie. Dans l'un, il avait découvert que, bien des années plus tôt, un célèbre alchimiste arabe avait visité l'Europe. On disait qu'il avait plus de deux cents ans, qu'il avait découvert la Pierre Philosophale et l'Élixir de Longue Vie. Cette histoire avait fort impressionné l'Anglais. Mais tout cela serait resté pure légende, parmi tant d'autres, si l'un de ses amis, au retour d'une expédition archéologique dans le désert, ne lui avait parlé d'un Arabe doué de pouvoirs exceptionnels.

« Il vit dans l'oasis de Fayoum, lui avait-il dit. Et les gens racontent qu'il est âgé de deux cents ans et qu'il est capable de transformer en or n'importe quel métal. »

L'Anglais, transporté, connut alors une excitation sans borne. Il annula aussitôt tous ses engagements antérieurs, rassembla ses livres les plus importants, et maintenant il était là, dans cet entrepôt qui ressemblait à un enclos à bétail, cependant qu'à l'extérieur une immense caravane se préparait à partir pour traverser le Sahara.

Et cette caravane devait passer par Fayoum.

« Il faut absolument que je rencontre ce maudit Alchimiste », pensa l'Anglais.

Et l'odeur des bêtes devint un peu plus supportable.

Un jeune Arabe, chargé lui aussi de paquets,

entra dans le bâtiment où se trouvait l'Anglais, et le salua.

« Où est-ce que vous allez ? demanda le jeune Arabe.

— Dans le désert », répondit l'Anglais ; et il reprit sa lecture. Il n'avait pas envie, en ce moment, de faire la conversation. Il avait besoin de se remémorer tout ce qu'il avait appris au cours de ces dix années, car l'Alchimiste allait certainement le soumettre à une sorte d'épreuve.

Le jeune Arabe prit également un livre et se mit à lire de son côté. Le livre était écrit en espagnol. « Une chance », pensa l'Anglais. Il parlait l'espagnol mieux que l'arabe, et si ce garçon allait jusqu'à Fayoum, il aurait quelqu'un avec qui causer lorsqu'il ne serait pas occupé à des choses d'importance.

*

« C'est tout de même drôle, pensa le jeune homme, alors qu'il essayait une fois de plus de lire la scène de l'enterrement par laquelle débutait le récit. Voilà bientôt deux ans que j'ai commencéà lire ce livre, et je n'arrive pas à aller plus loin que ces quelques pages. » Même sans la présence d'un roi pour l'interrompre, il ne parvenait pas à se concentrer. Il était encore hésitant sur la décision à prendre. Mais il comprenait maintenant une chose importante : que les décisions représentaient seulement le commencement de quelque chose. Quand quelqu'un prenait une décision, il se plongeait en fait dans un courant impétueux qui l'emportait vers une destination qu'il n'avait jamais entrevue, même en rêve, au moment où il avait pris cette décision.

« Quand j'ai choisi de partir à la recherche de mon trésor, je n'avais jamais imaginé de travailler dans une boutique de cristaux, pensa-t-il, pour confirmer son raisonnement. De la même façon, cette caravane peut bien correspondre à une décision prise par moi, mais son trajet restera toujours un mystère. »

En face de lui, il y avait un Européen qui était également en train de lire un livre. Antipathique : il l'avait regardé de façon méprisante quand il était entré. Ils auraient pu devenir bons amis, mais l'Européen avait tout de suite coupé court.

Le jeune homme ferma son livre. Il ne voulait rien faire qui pût laisser croire à une quelconque ressemblance avec cet Européen. Il tira de sa poche Ourim et Toumim et commença à jouer avec les deux pierres.

L'étranger poussa un cri :

« Un Ourim et un Toumim ! »

En toute hâte, le jeune homme remit les pierres dans sa poche.

« Ils ne sont pas à vendre, dit-il.

— Ils ne valent pas grand-chose, dit l'Anglais. Ce sont des cristaux de roche, rien de plus. Il y a des millions de cristaux de roche sur la terre, mais, pour celui qui s'y connaît, ceux-ci sont Ourim et Toumim. Je ne savais pas qu'ils se trouvaient dans cette région du monde.

— C'est un roi qui m'en a fait cadeau », dit le jeune homme.

L'étranger resta coi. Puis il plongea la main dans sa poche et en sortit, en tremblant, deux pierres identiques.

« Vous avez parlé d'un roi, dit-il.

— Mais vous ne croyez pas qu'un roi puisse parler à un berger, dit le jeune homme, désireux cette fois de mettre fin à la conversation.

— Bien au contraire. Les bergers ont été les premiers à rendre hommage à un roi que le reste du monde refusait de reconnaître. Aussi n'y a-t-il rien d'extraordinaire à ce que les rois parlent aux bergers. »

Et il ajouta, de peur que le jeune homme ne comprît pas bien :

« C'est dans la Bible. Le même livre qui m'a appris à faire cet Ourim et ce Toumim. Ces pierres étaient le seul instrument de divination autorisé par Dieu. Les prêtres les portaient à un pectoral en or. »

Le jeune homme se sentit alors heureux de se trouver en cet endroit.

« Peut-être est-ce là un signe, dit l'Anglais, comme s'il pensait à haute voix.

— Qui vous a parlé de signes ? »

L'intérêt du jeune homme croissait de minute en minute.

« Dans la vie, tout est signe, dit l'Anglais, qui cette fois referma la revue qu'il était en train de lire. L'Univers est fait en une langue que tout le monde peut entendre, mais que l'on a oubliée. Je cherche ce Langage Universel, entre autres choses. C'est pour cette raison que je suis ici. Parce que je dois rencontrer un homme qui connaît ce Langage Universel. Un Alchimiste. »

La conversation fut interrompue par le responsable de l'entrepôt.

« Vous avez de la chance, vous deux, dit ce gros Arabe. Une caravane se met en route cet après-midi pour Fayoum.

— Mais moi, c'est en Égypte que je vais, dit le jeune garçon.

— Fayoum est en Égypte, dit le gros bonhomme. Tu m'as l'air d'un drôle d'Arabe, toi ! »

Le garçon dit qu'il était espagnol. L'Anglais en fut heureux : même habillé en Arabe, du moins était-ce un Européen.

« Il donne aux signes le nom de "chance", dit l'Anglais, une fois que l'autre fut sorti. Si je le pouvais, j'écrirais une énorme encyclopédie sur les mots "chance" et "coïncidence". C'est avec ces mots-là que s'écrit le Langage Universel. »

Puis ils continuèrent à causer, et il dit au jeune homme que ce n'était pas une coïncidence s'il l'avait trouvé avec Ourim et Toumim dans la main. Il lui demanda si lui aussi allait à la recherche de l'Alchimiste.

« Je vais à la recherche d'un trésor », répondit le jeune garçon, et il le regretta aussitôt.

Mais l'Anglais ne sembla pas attacher d'importance à ce qu'il venait de dire.

« D'une certaine façon, moi aussi, fit-il.

— Et je ne sais même pas ce que c'est que l'Alchimie », ajouta le jeune homme, au moment où le patron de l'entrepôt les appelait dehors.

*

« Je suis le Chef de la Caravane, dit un homme qui avait une longue barbe et des yeux noirs. J'ai le droit de vie et de mort sur tous ceux que je conduis. Car le désert est une femme capricieuse, qui parfois rend les hommes fous. »

Il y avait là près de deux cents personnes, et deux fois autant d'animaux. Des dromadaires, des chevaux, des mulets, des oiseaux. Il y avait des femmes, des enfants, et plus d'un homme portait une épée à la ceinture, ou alors un long fusil à l'épaule. L'Anglais avait plusieurs cantines, pleines de livres. Un énorme brouhaha régnait sur la place, et le Chef dut répéter son discours à diverses reprises pour être compris de tous.

« Il y a aussi toutes sortes de gens et différents dieux dans le cœur de ces gens. Mais mon seul Dieu est Allah, et je jure par Allah que je ferai tout ce que je pourrai, et de mon mieux, pour vaincre une fois de plus le désert. Seulement, je veux aussi que chacun de vous jure par le Dieu en qui il croit, du fond de son cœur, qu'il m'obéira en toute circonstance. Dans le désert, la désobéissance signifie la mort. »

Un chuchotement assourdi parcourut la foule. Chacun jurait à voix basse en prenant son Dieu à témoin. Le jeune homme jura par Jésus-Christ.

L'Anglais garda le silence. Le murmure se prolongea un peu plus que le temps d'un simple serment. Les gens demandaient aussi la protection du Ciel.

Une sonnerie de trompette se fit entendre, longuement, et chacun se mit en selle. Le jeune homme et l'Anglais avaient acheté des chameaux et eurent un peu de mal à se hisser sur leurs montures. Le garçon éprouva quelque pitié pour celle de l'Anglais, chargée des pesantes sacoches de livres.

« Il n'existe pas de coïncidences, dit l'Anglais, essayant de poursuivre la conversation commencée dans l'entrepôt. C'est un ami qui m'a fait venir jusqu'ici, parce qu'il connaissait un Arabe qui... »

Mais la caravane se mit en route, et il devint impossible d'entendre ce qu'il racontait. Toutefois, le jeune homme savait exactement de quoi il s'agissait : cette chaîne mystérieuse qui unit une chose à une autre, qui l'avait conduit à être berger, à faire plusieurs fois le même rêve, à se trouver dans une ville proche de l'Afrique, à rencontrer un roi sur la place, à être volé pour en venir à faire la connaissance d'un marchand de cristaux, et...

« Plus on s'approche de son rêve, plus la Légende Personnelle devient la véritable raison de vivre », pensa-t-il.

La caravane se mit en marche en direction du levant. On avançait durant la matinée, on faisait halte quand le soleil devenait plus brûlant, et l'on reprenait la progression quand il commençait à baisser. Le jeune homme ne parlait pas beaucoup avec l'Anglais, qui passait la plus grande partie du temps plongé dans ses livres.

Il se mit alors à observer en silence la marche des animaux et des hommes à travers le désert. Tout était maintenant différent par rapport au jour du départ. Ce jour-là, c'étaient la cohue, les cris, les pleurs des petits enfants, les hennissements des bêtes et, au milieu de toute cette confusion, les ordres impatients des guides et des commerçants.

Mais, dans le désert, il n'y avait rien d'autre que le vent éternel, le silence, les sabots des bêtes. Même les guides entre eux ne causaient guère.

« J'ai déjà traversé bien des fois ces étendues de sable, dit un soir un chamelier. Mais le désert est si vaste, les horizons si lointains, qu'on se sent tout petit, et qu'on garde le silence. »

Le jeune homme comprit ce que le chamelier voulait dire, bien qu'il n'eût jusque-là jamais cheminé dans un désert. Mais chaque fois qu'il regardait la mer ou le feu, il pouvait passer des heures sans dire un mot, plongé au cœur de l'immensité et de la puissance des éléments.

« J'ai appris avec des brebis et j'ai appris avec des cristaux, pensa-t-il. Je peux aussi bien apprendre avec le désert. Il me semble encore plus vieux et plus sage. »

Le vent ne cessait jamais. Il se souvint du jour où il avait senti ce même vent, à Tarifa, alors qu'il était assis sur les fortifications. Peut-être le vent caressait-il maintenant la laine de ses brebis, qui parcouraient les campagnes d'Andalousie en quête de nourriture et d'eau.

« Elles ne sont plus mes brebis, se dit-il, sans éprouver de véritable nostalgie. Elles ont dû s'habituer à un nouveau berger, et m'ont sûrement oublié. C'est très bien ainsi. Qui a l'habitude de voyager, comme les brebis, sait qu'il arrive toujours un moment où il faut partir. »

Il se rappela ensuite la fille du commerçant, et il

eut la certitude qu'elle s'était déjà mariée. Peut-être bien avec un marchand de pop-corn, ou avec un berger qui savait lire, lui aussi, et pouvait lui raconter des histoires extraordinaires. Après tout, il ne devait pas être le seul. Mais ce pressentiment qu'il avait fit naître en lui un certain trouble. Était-il donc en train d'apprendre, à son tour, ce fameux Langage Universel, qui connaît le passé et le présent de tous les hommes ? « Des pressentiments », disait souvent sa mère. Il commença à comprendre que les pressentiments étaient de rapides plongées de l'âme dans ce courant universel de vie, au sein duquel l'histoire de tous les hommes se trouve liée de façon à ne faire qu'un : de sorte que nous pouvons tout savoir, parce que tout est écrit.

« Mektoub », dit-il, en pensant au Marchand de Cristaux.

Le désert était fait tantôt de sable, tantôt de pierre. Si la caravane arrivait devant un bloc de pierre, elle le contournait ; si c'était un amoncellement rocheux, elle décrivait un large détour. Quand le sable était trop fin pour les sabots des chameaux, on cherchait un passage où le sable était plus résistant. Parfois, le sol était couvert de sel, à l'emplacement d'un ancien lac. Les animaux peinaient, et les chameliers alors descendaient et les aidaient. Puis ils prenaient eux-mêmes les charges sur leur dos, franchissaient ainsi le passage difficile, et chargeaient à nouveau les bêtes. Lorsqu'un guide tombait malade ou mourait, les chameliers tiraient au sort pour choisir un remplaçant.

Mais il n'y avait à tout cela qu'une seule raison : peu importait que la caravane fît tant de détours, puisqu'elle avait toujours en vue le même objectif.

Une fois surmontés tous les obstacles, elle retrouvait devant elle l'astre qui continuait à indiquer dans quelle direction se trouvait l'Oasis. Et quand les gens voyaient devant eux cet astre qui brillait dans le ciel du petit matin, ils savaient qu'il leur montrait un endroit où il y avait des femmes, de l'eau, des palmiers et des dattes. Seul l'Anglais ne percevait rien de tout cela : il restait la plupart du temps plongé dans la lecture de ses livres.

Le jeune homme avait lui aussi un livre, qu'il avait essayé de lire dans les premiers jours du voyage. Mais il trouvait beaucoup plus intéressant d'observer la caravane et d'écouter le vent. Dès qu'il eut appris à mieux connaître son chameau et qu'il commença à s'attacher à lui, il jeta le livre. C'était un poids superflu. Pourtant, il s'était imaginé, par superstition, qu'il rencontrerait quelqu'un d'important chaque fois qu'il ouvrait ce livre.

Il finit par se lier d'amitié avec le chamelier qui se trouvait constamment à côté de lui. À l'étape du soir, durant la veillée autour des feux, il lui racontait ses aventures du temps où il était berger.

Au cours d'une de ces conversations, le chamelier se mit, à son tour, à lui parler de sa vie.

« J'habitais une localité proche d'el-Kairoum, dit-il. J'avais mon potager, mes enfants, une existence qui ne devait pas changer jusqu'au jour de ma mort. Une année où la récolte fut meilleure que d'habitude, nous partîmes tous pour La Mecque, et je remplis ainsi la seule obligation que je n'avais pas encore accomplie jusque-là. Je pouvais désormais mourir en paix, et cela me faisait plaisir.

« Un jour, la terre commença à trembler, et le Nil en crue sortit de son lit. Ce qui, dans mon idée, n'arrivait qu'aux autres m'arriva donc à moi aussi. Mes voisins eurent peur de perdre leurs oliviers du fait de l'inondation ; ma femme craignit de voir nos enfants emportés par les eaux. Et moi, je fus effrayé à l'idée de voir détruit tout ce que j'avais réussi à conquérir.

« Mais c'était sans remède. Il n'y avait plus rien à tirer de la terre et j'ai été obligé de trouver un autre moyen d'existence. Aujourd'hui, me voici chamelier. Mais j'ai pu alors entendre la parole d'Allah : personne ne doit avoir peur de l'inconnu, parce que tout homme est capable de conquérir ce qu'il veut et qui lui est nécessaire.

« Tout ce que nous craignons, c'est de perdre ce que nous possédons, qu'il s'agisse de notre vie ou de nos cultures. Mais cette crainte cesse lorsque nous comprenons que notre histoire et l'histoire du monde ont été écrites par la même Main. »

*

Quelquefois, les caravanes se rencontraient à l'étape du soir. L'une d'elles avait toujours ce dont une autre avait besoin, comme si, réellement, tout était écrit par une Main unique. Les chameliers échangeaient des informations sur les tempêtes de sable, et se réunissaient autour des foyers pour conter les histoires du désert.

D'autres fois, arrivaient aussi des hommes mystérieux au visage voilé : c'étaient des Bédouins qui surveillaient la route suivie par les caravanes. Ils donnaient des renseignements sur des pillards, des tribus insoumises. Ils arrivaient en silence, repartaient en silence, enveloppés dans leurs djellabas de couleur sombre et leurs chèches qui ne laissaient voir que leurs yeux. Au cours d'une de ces veillées, le chamelier rejoignit le jeune homme et l'Anglais devant le feu auprès duquel ils étaient assis.

« Il y a des rumeurs de guerre entre les clans », dit le chamelier.

Les trois hommes restèrent silencieux. Le jeune Espagnol observa que régnait une sorte de crainte diffuse, alors même que personne ne disait mot. Une fois de plus, il percevait le langage sans paroles, le Langage Universel.

Au bout d'un certain temps, l'Anglais demanda s'il y avait du danger.

« Celui qui s'engage dans le désert ne peut revenir sur ses pas, répondit le chamelier. Et quand on ne peut revenir en arrière, on ne doit se préoccuper que de la meilleure manière d'aller de l'avant. Le reste ne regarde qu'Allah, y compris le danger. »

Et il conclut en prononçant le mot mystérieux : « Mektoub ! »

« Vous devriez accorder davantage d'attention aux caravanes, dit le jeune homme à l'Anglais, après le départ du chamelier. Elles font beaucoup de détours, mais se dirigent toujours vers le même point.

— Et vous, vous devriez lire davantage sur le monde, rétorqua l'Anglais. Les livres sont tout à fait comme les caravanes. »

La longue colonne d'hommes et d'animaux commença dès lors à avancer plus rapidement. Le silence ne régnait plus seulement dans la journée. Le soir aussi, à l'heure où les gens avaient l'habitude de se rassembler pour bavarder autour des feux, il s'installa peu à peu. Un beau jour, le Chef de la Caravane décida qu'on n'allumerait plus de feux pour ne pas attirer l'attention dans la nuit.

Les voyageurs, alors, se mirent à dormir tous ensemble au centre d'un cercle formé par les animaux, pour essayer de se protéger contre le froid de la nuit. Le Chef installa également des sentinelles armées tout autour du campement.

Une de ces nuits-là, l'Anglais n'arrivait pas à s'endormir. Il alla trouver le jeune Espagnol, et ils se promenèrent ensemble dans les dunes proches. C'était la pleine lune. Le jeune homme raconta toute son histoire à l'Anglais.

Celui-ci se montra particulièrement intéressé par l'épisode de la boutique qui s'était mise à prospérer davantage de jour en jour depuis que le jeune garçon avait commencé à y travailler.

« C'est là le principe qui meut toute chose, dit-il. Ce qu'on appelle en alchimie l'Âme du Monde. Quand on désire quelque chose de tout son cœur, on est plus proche de l'Âme du Monde. C'est toujours une force positive. »

Il dit aussi que ce n'était pas seulement un privilège des hommes : tout ce qui existait sur la face de la terre avait également une âme, que ce fût un minéral, un végétal, un animal, ou simplement une pensée.

« Tout ce qui est sous et sur la face de la terre ne cesse de se transformer, car la terre est un être vivant ; et elle a une âme. Nous sommes une part de cette Âme, et nous savons rarement qu'elle travaille toujours en notre faveur. Mais vous devez comprendre que, dans la boutique aux cristaux, les vases eux-mêmes collaboraient à votre réussite. »

Le jeune homme garda le silence pendant un certain temps, contemplant la lune et le sable blanc.

« J'ai pu observer la caravane qui chemine à travers le désert, dit-il enfin. Elle et le désert parlent le même langage, et c'est la raison pour laquelle il permet qu'elle le traverse. Il ne cesse d'éprouver chacun de ses pas, pour vérifier si elle est en parfaite syntonie avec lui ; et, si c'est bien le cas, elle arrivera jusqu'à l'oasis. Mais si l'un de nous, en dépit de tout le courage qu'il pourrait avoir, ne comprenait pas ce langage, alors il mourrait dès le premier jour. »

Ils continuèrent, ensemble, à regarder le clair de lune.

« C'est la magie des signes, poursuivit le jeune homme. J'ai vu comment nos guides lisent les signes du désert et comment l'âme de la caravane dialogue avec l'âme du désert. »

Au bout d'un moment, ce fut au tour de l'Anglais de prendre la parole :

« Il faut en effet que j'accorde un peu plus d'attention à la caravane, dit-il finalement.

— Et moi, il faut que je lise vos livres », répliqua le jeune homme.

*

C'étaient des livres bien étranges. Ils parlaient de mercure, de sel, de dragons et de rois, mais il n'y comprenait rien du tout. Pourtant, il y avait une idée qui semblait revenir constamment dans presque tous les livres : que toutes les choses étaient des manifestations d'une seule et unique chose.

Dans l'un des ouvrages, il découvrit que le texte le plus important de l'Alchimie était constitué de quelques lignes seulement, et qu'il avait été écrit sur une simple émeraude.

« C'est la Table d'Émeraude, lui dit l'Anglais, tout fier de pouvoir apprendre quelque chose à son compagnon.

— Mais alors, pourquoi tant de livres ?

— Pour permettre de comprendre ces quelques lignes », répondit l'Anglais, sans être pour autant tout à fait convaincu lui-même de cette réponse.

Le livre qui intéressa plus que tout le jeune homme racontait l'histoire des alchimistes célèbres. C'étaient des hommes qui avaient consacré leur vie tout entière à purifier des métaux dans les laboratoires : ils croyaient que si l'on cuisait un métal pendant des années et des années, celui-ci finirait par se libérer de toutes ses propriétés spécifiques, et qu'alors il ne resterait plus à sa place que l'Âme du

Monde. Cette Chose Unique devait permettre aux alchimistes de comprendre tout ce qui existait sur terre, car elle était le langage grâce auquel les choses communiquaient entre elles. C'était cette découverte qu'ils appelaient le Grand Œuvre, constitué d'une partie liquide et d'une partie solide.

« Ne suffit-il pas d'observer les hommes et les signes pour découvrir ce langage ? demanda le jeune homme.

— Vous avez la manie de vouloir tout simplifier, répliqua l'Anglais avec agacement. L'Alchimie est un travail sérieux. Il est indispensable de suivre chaque phase du processus, comme les maîtres l'ont enseigné. »

Le jeune homme découvrit que la partie liquide du Grand Œuvre était appelée Élixir de Longue Vie, et cet élixir non seulement guérissait toutes les maladies, mais empêchait aussi l'alchimiste de vieillir. Quant à la partie solide, on la nommait Pierre Philosophale.

« Il n'est pas aisé de découvrir la Pierre Philosophale, dit l'Anglais. Les alchimistes restaient plusieurs années dans leurs laboratoires, à observer ce feu qui purifiait les métaux. Et tant ils regardaient le feu que, dans leur for intérieur, ils en venaient peu à peu à abandonner toutes les vanités du monde. Alors, un beau jour, ils s'apercevaient que la purification des métaux, en fin de compte, les avait purifiés eux-mêmes. »

Le jeune homme se souvint alors du Marchand de Cristaux. Celui-ci avait dit que ç'avait été une bonne chose que de nettoyer ses vases de cristal, car ainsi tous deux se trouvaient également libérés des mauvaises pensées. Il se persuadait de plus en plus que l'Alchimie devait pouvoir s'apprendre dans la vie quotidienne.

« De plus, reprit l'Anglais, la Pierre Philosophale possède une propriété tout à fait extraordinaire. Il suffit d'un tout petit fragment pour transformer de grandes quantités de vil métal en or. »

À partir de là, l'intérêt du jeune homme pour l'Alchimie devint encore plus grand. Il pensait qu'avec un peu de patience, il pourrait tout transformer en or. Il lut la biographie de divers personnages qui y étaient parvenus : Helvétius, Elie, Fulcanelli, Geber. C'étaient des histoires fascinantes : tous vivaient jusqu'au bout leur Légende Personnelle. Ils voyageaient, rencontraient des savants, faisaient des miracles sous les yeux des incrédules, détenaient la Pierre Philosophale et l'Élixir de Longue Vie.

Mais quand il voulait apprendre à son tour de quelle façon parachever le Grand Œuvre, il se trouvait complètement désorienté. Il n'y avait là que dessins, instructions codées, textes obscurs.

« Pourquoi emploient-ils un langage si difficile à comprendre ? » demanda-t-il un soir à l'Anglais.

Il remarqua d'ailleurs, à cette occasion, que celui-ci avait l'air d'assez mauvaise humeur, comme si ses livres lui manquaient.

« C'est pour n'être compris que de ceux-là seulement qui sont assez responsables pour pouvoir comprendre, répondit son interlocuteur. Imaginez un peu que tout le monde se mette à transformer le plomb en or. Au bout de très peu de temps, l'or ne vaudrait plus rien. Seuls les esprits opiniâtres, les chercheurs acharnés, peuvent arriver à réaliser le Grand Œuvre. Voilà pourquoi je me trouve au milieu de ce désert. C'est précisément pour rencontrer un véritable alchimiste, qui m'aide à déchiffrer les codes.

— À quelle époque ont été écrits ces livres ? demanda le jeune garçon.

— Il y a plusieurs siècles.

— En ce temps-là, l'imprimerie n'existait pas encore. Il n'était guère possible que tout le monde parvînt à la connaissance de l'Alchimie. Alors, pourquoi ce langage si étrange, et toutes ces figures ? »

Malgré cette insistance, l'Anglais ne répondit pas à la question. Il dit que depuis plusieurs jours il observait attentivement la caravane et qu'il n'avait rien découvert de nouveau. Il n'avait remarqué qu'une chose : c'était qu'on parlait de plus en plus de la guerre.

*

Un beau jour, le jeune homme rendit ses livres à l'Anglais.

« Eh bien, avez-vous beaucoup appris ? » demanda celui-ci, avec une curiosité impatiente. Il avait besoin de quelqu'un avec qui bavarder pour oublier la crainte de la guerre.

« J'ai appris que le monde possède une Âme, et celui qui pourra comprendre cette âme comprendra le langage des choses. J'ai appris que de nombreux alchimistes ont vécu leur Légende Personnelle et qu'ils ont fini par découvrir l'Âme du Monde, la Pierre Philosophale, l'Élixir de Longue Vie.

« Mais j'ai appris, surtout, que ces choses sont si simples qu'elles peuvent être gravées sur une émeraude. »

L'Anglais fut déçu. Les années d'étude, les symboles magiques, les mots difficiles à comprendre, les appareils de laboratoire, rien de tout cela n'avait impressionné le jeune garçon. « Il doit avoir une âme trop fruste pour saisir ces choses-là », en vint-il à se dire.

Il prit ses livres et les remit dans les sacoches accrochées à la selle du chameau.

« Retournez à votre caravane, dit-il. Elle non plus ne m'a pas appris grand-chose.

Le jeune homme se remit à contempler l'immensité silencieuse du désert et le sable que les animaux soulevaient en marchant. « À chacun sa manière d'apprendre, se répétait-il *in petto*. Sa manière à lui n'est pas la mienne, et ma manière n'est pas la sienne. Mais nous sommes l'un et l'autre à la recherche de notre Légende Personnelle, et c'est pourquoi je le respecte. »

*

Désormais, la caravane cheminait de jour comme de nuit. À tout instant apparaissaient les messagers au visage voilé, et le chamelier, qui était devenu l'ami du jeune homme, expliqua que la guerre des clans avait commencé. On aurait de la chance si on réussissait à arriver à l'Oasis.

Les animaux étaient épuisés, et les hommes de plus en plus silencieux. Le silence était plus impressionnant la nuit, lorsqu'un chameau qui blatérait (et qui n'était auparavant qu'un chameau qui blatérait) faisait maintenant peur à tout le monde : ce pouvait être le signe d'une attaque.

Pourtant, le chamelier ne semblait pas s'émouvoir outre mesure de la menace de guerre.

« Je suis vivant, dit-il au jeune homme, tout en mangeant une poignée de dattes, dans la nuit sans lune et sans feux de camp. Et pendant que je mange, je ne fais rien d'autre que manger. Quand je marcherai, je marcherai, c'est tout. Et s'il faut un jour me battre, n'importe quel jour en vaut un autre pour mourir. Parce que je ne vis ni dans mon passé ni dans mon avenir. Je n'ai que le présent, et c'est lui seul qui m'intéresse. Si tu peux demeurer toujours dans le présent, alors tu seras un homme heureux. Tu comprendras que dans le désert il y a de la vie, que le ciel a des étoiles, et que les guerriers se battent parce que c'est là quelque chose d'inhérent à la vie humaine. La vie alors sera une fête, un grand festival, parce qu'elle est toujours le moment que nous sommes en train de vivre, et cela seulement. »

Deux nuits plus tard, alors qu'il était sur le point de s'endormir, le jeune homme regarda vers l'astre qui indiquait la direction dans laquelle ils marchaient. Il lui sembla que l'horizon était un peu plus bas, car il y avait au-dessus du désert des centaines d'étoiles.

« C'est l'oasis, lui dit le chamelier.

— Alors, pourquoi n'y allons-nous pas tout de suite ?

— Parce que nous avons besoin de dormir. »

*

Il ouvrit les yeux alors que le soleil commençait à surgir à l'horizon. Devant lui, là où avaient brillé les petites étoiles pendant la nuit, s'allongeait une interminable file de palmiers dattiers qui occupait toute l'étendue du désert.

« Nous y sommes arrivés ! » s'exclama l'Anglais, qui venait lui aussi de se réveiller.

Le jeune homme, cependant, resta muet. Il avait appris le silence du désert, et se contentait de regarder les palmiers en face de lui. Il avait encore un long chemin à parcourir pour arriver jusqu'aux Pyramides ; et ce matin-là, un jour, ne serait plus pour lui qu'un souvenir. Mais maintenant c'était le moment présent, la fête dont avait parlé le chamelier, et il essayait de vivre ce moment avec les leçons de son passé et les rêves de son futur. Un jour, cette vision de milliers de palmiers ne serait plus qu'un souvenir. Mais, en cet instant, elle signifiait pour lui l'ombre, l'eau, et un refuge devant la guerre. De la même façon qu'un chameau qui blatérait pouvait se transformer en signal de danger, de même une file de palmiers pouvait représenter un miracle.

« Le monde parle plus d'un langage », pensa-t-il.

*

« Quand la marche du temps s'accélère, les caravanes aussi se hâtent », pensa l'Alchimiste, en voyant arriver dans l'Oasis des centaines de personnes et d'animaux. Les habitants se précipitaient en criant à la rencontre des nouveaux venus, la poussière soulevée masquait le soleil du désert, et les enfants sautaient d'excitation à la vue des étrangers. L'Alchimiste observa que les chefs de tribus se rassemblaient pour rejoindre le Chef de la Caravane et qu'ils tenaient ensemble un long conciliabule.

Mais rien de tout cela n'intéressait l'Alchimiste. Il avait déjà pu voir des quantités de gens arriver et repartir, cependant que l'Oasis et le désert demeuraient immuables. Il avait vu des rois et des mendiants fouler ces étendues de sable qui changeaient de forme sous l'action du vent, mais qui étaient toujours celles-là mêmes qu'il avait connues quand il était enfant. Malgré tout, il ne parvenait pas à maîtriser au fond de son cœur un peu de cette allégresse que ressentait tout voyageur quand, après la terre jaune et le ciel d'azur, le vert des palmiers dattiers apparaissait devant ses yeux.

« Peut-être Dieu a-t-il créé le désert pour que l'homme puisse se réjouir à la vue des palmiers », pensa-t-il.

Il résolut alors de se concentrer sur des questions d'ordre plus pratique. Il savait qu'avec cette caravane arrivait l'homme à qui il devait enseigner une partie de ses secrets. Les signes l'en avaient informé. Il ne connaissait pas encore cet homme, mais ses yeux expérimentés le reconnaîtraient à l'instant où il le verrait. Il espérait que ce serait quelqu'un d'aussi doué que son disciple précédent.

« Je ne sais pourquoi ces choses doivent absolument se transmettre de bouche à oreille », songeait-il. Ce n'était pas exactement parce qu'il s'agissait de véritables secrets : Dieu révélait libéralement Ses secrets à toutes les créatures.

Il ne voyait à cela qu'une explication : ces choses devaient se transmettre de cette manière parce qu'elles étaient sans doute faites de Vie Pure, et ce type de vie est bien difficile à capter sous forme de peintures ou par les paroles.

Car les gens cèdent à la fascination des tableaux et des mots et, pour finir, ils oublient le Langage du Monde.

*

Les nouveaux arrivants furent amenés immédiatement en présence des chefs tribaux de Fayoum. Le jeune homme avait du mal à en croire ses yeux : au lieu d'un puits entouré de quelques palmiers (selon la description qu'il avait lue une fois dans un livre d'histoire), il s'apercevait que l'Oasis était beaucoup plus grande que bien des villages d'Espagne. Elle comprenait trois cents puits, cinquante mille dattiers, et un grand nombre de tentes de couleur disséminées au milieu des palmiers.

« On croirait les Mille et Une Nuits », dit l'Anglais, impatient de rencontrer au plus tôt l'Alchimiste.

Ils furent aussitôt entourés d'enfants, qui regardaient avec curiosité les montures, les chameaux, les gens qui arrivaient. Les hommes voulaient savoir s'ils avaient aperçu les signes d'une bataille, et les femmes se disputaient les étoffes et les pierres que les marchands avaient apportées. Le silence du désert semblait maintenant un rêve lointain ; tout le monde parlait sans discontinuer, riait, s'égosillait, comme si l'on avait quitté un monde de purs esprits pour se retrouver parmi les hommes. Les gens étaient joyeux et satisfaits.

En dépit des précautions prises la veille, le chamelier expliqua au jeune homme que les oasis, dans le désert, étaient toujours considérées comme des terrains neutres, parce que la majeure partie de ceux qui y vivaient étaient des femmes et des enfants. Et il y avait des oasis aussi bien d'un côté que de l'autre ; de sorte que les guerriers allaient combattre au milieu des sables du désert et laissaient les oasis en paix, comme des lieux d'asile.

Le Chef de la Caravane rassembla tout son monde, non sans quelque difficulté, et commença à donner ses instructions. On allait rester là tant que durerait la guerre entre les clans. En tant que visiteurs, les gens de la caravane seraient hébergés sous les tentes des habitants de l'Oasis, qui leur offriraient les meilleures places. C'était la loi de l'hospitalité traditionnelle. Puis il demanda à tous, y compris ses propres sentinelles, de remettre leurs armes aux hommes désignés par les chefs de tribus.

« Ce sont les règles de la guerre, expliqua-t-il. De cette façon, les oasis ne peuvent servir de refuge à des combattants. »

À la grande surprise du jeune homme, l'Anglais sortit d'une poche de sa veste un revolver chromé, qu'il remit à l'homme chargé de collecter les armes.

« Pourquoi un revolver ? demanda le jeune homme.

— Pour m'aider à me fier aux gens », répondit l'Anglais. Il était heureux d'être parvenu au terme de sa quête.

Le jeune homme, pour sa part, songeait à son trésor. Plus il se rapprochait de son rêve, plus les choses devenaient difficiles. Ce que le vieux roi avait appelé la Chance du Débutant ne se manifestait plus. C'était maintenant, il le savait, l'épreuve de l'obstination et du courage pour qui est à la recherche de sa Légende Personnelle. Aussi ne devait-il pas se précipiter, se montrer impatient. Autrement, il risquerait de ne pas voir les signes que Dieu avait mis sur sa route.

« C'est Dieu qui les a placés sur mon chemin », pensa-t-il, s'étonnant lui-même. Jusque-là, il avait considéré les signes comme quelque chose qui appartenait au monde. Quelque chose comme de manger ou dormir, comme de partir en quête de l'amour, ou à la recherche d'un emploi. Mais il n'avait jamais pensé que ce pouvait être un langage employé par Dieu pour lui montrer ce qu'il devait faire.

« Ne sois pas impatient, répéta-t-il encore, à sa propre adresse. Comme l'a dit le chamelier, mange quand c'est l'heure de manger. Et quand c'est l'heure de marcher, marche. »

Le premier jour, cédant à la fatigue, tout le monde dormit, y compris l'Anglais. Le jeune homme se trouvait plus loin, dans une tente occupée par cinq autres garçons à peu près de son âge. C'étaient des habitants du désert, et ils voulaient entendre raconter des histoires des grandes cités. Le jeune homme parla de sa vie de berger, et il allait commencer à évoquer son expérience de la boutique aux cristaux, quand l'Anglais entra.

« Je vous ai cherché toute la matinée, dit-il, tout en emmenant son compagnon à l'extérieur. Il faut que vous m'aidiez à découvrir où loge l'Alchimiste. »

Ils essayèrent d'abord de le trouver par leurs propres moyens. Un Alchimiste devait sans doute vivre de façon différente des autres habitants de l'Oasis, et il était bien probable que, sous sa tente, il y eût un fourneau allumé en permanence. Ils finirent par se rendre compte, après avoir beaucoup marché, que l'Oasis était bien plus vaste qu'ils ne l'avaient imaginée, et qu'il y avait là des centaines et des centaines de tentes.

« Presque toute une journée perdue ! dit l'Anglais en s'asseyant, avec son compagnon, près de l'un des puits de l'Oasis.

— Il vaudrait peut-être mieux demander », dit le jeune homme.

L'Anglais n'avait pas envie de révéler sa présence à Fayoum, et se montra hésitant. Finalement, il donna son accord et demanda au jeune garçon, qui parlait l'arabe mieux que lui, de se charger de l'affaire. Ce dernier s'approcha donc d'une femme qui venait d'arriver au puits pour remplir une outre en peau de mouton.

« Madame, bonsoir ! Je voudrais savoir où demeure un Alchimiste, qui vit dans cette Oasis », demanda-t-il.

La femme répondit qu'elle n'en avait jamais entendu parler, et s'en fut aussitôt. Toutefois, elle prit le temps d'avertir le jeune homme qu'il ne devait pas adresser la parole aux femmes habillées de noir, car c'étaient des femmes mariées. Il fallait respecter la Tradition.

L'Anglais fut extrêmement déçu. Ainsi, il avait fait tout ce voyage pour rien ! Son compagnon en fut également attristé. L'Anglais, lui aussi, poursuivait sa Légende Personnelle. Et, quand une personne est dans ce cas, l'Univers tout entier s'efforce de lui faire obtenir ce qu'elle cherche : ainsi avait dit le vieux roi. Il ne pouvait pas se tromper.

« Je n'avais jusqu'ici jamais entendu parler d'alchimistes, dit le jeune homme. Sinon, j'essaierais de vous aider. »

Un éclair illumina le regard de l'Anglais.

« Mais bien sûr ! s'exclama-t-il. Peut-être bien que personne ici ne sait ce qu'est un alchimiste. Informez-vous donc plutôt de l'homme qui soigne toutes les maladies du village ! »

Plusieurs femmes vêtues de noir vinrent chercher de l'eau au puits, mais l'Anglais eut beau insister, le jeune homme ne voulut pas leur adresser la parole. Finalement, un homme s'approcha.

« Connaissez-vous quelqu'un qui soigne les maladies dans le village ? lui demanda le jeune homme.

— C'est Allah qui soigne toutes les maladies, répondit l'homme, visiblement effrayé par ces étrangers. Vous cherchez des sorciers, vous deux ! »

Et, après avoir récité quelques versets du Coran, il passa son chemin.

Un autre homme survint. Il était plus âgé, et portait seulement un petit seau. Le garçon lui posa la même question.

« Pourquoi voulez-vous donc connaître un homme comme celui-là ? demanda l'Arabe pour toute réponse.

— Parce que mon ami que voici a fait un voyage de plusieurs mois pour le rencontrer.

— Si cet homme existe, ici dans l'Oasis, il doit être très puissant, dit le vieil homme, après avoir réfléchi un instant. Même les chefs de tribus ne pourraient pas le voir à leur guise en cas de besoin. Il faudrait que ce soit lui qui le décide. Attendez plutôt la fin de la guerre, et repartez avec la caravane. Ne cherchez pas à entrer dans la vie de l'Oasis », conclut-il en s'éloignant.

Mais l'Anglais exulta. Ils étaient sur la bonne piste.

C'est alors qu'apparut une jeune fille qui n'était pas habillée de vêtements noirs. Elle portait une jarre qui reposait sur son épaule, et avait un voile autour de la tête ; mais son visage était découvert. Le jeune homme s'avança vers elle pour l'interroger au sujet de l'Alchimiste.

Et ce fut comme si le temps s'arrêtait, comme si l'Âme du Monde surgissait de toute sa force devant le jeune homme.

Quand il vit ses yeux noirs, ses lèvres qui hésitaient entre le sourire et le silence, il comprit la partie la plus essentielle et la plus savante du Langage que parlait le monde, et que tous les êtres de la terre étaient capables d'entendre en leur cœur. Et cela s'appelait l'Amour, quelque chose de plus vieux que les hommes et que le désert même, et qui pourtant resurgissait toujours avec la même force, partout où deux regards venaient à se croiser comme se croisèrent alors ces deux regards près d'un puits. Les lèvres enfin se décidèrent pour un sourire, et c'était là un signe, le signe qu'il avait attendu sans le savoir pendant un si long temps de sa vie, qu'il avait cherché dans les livres et auprès de ses brebis, dans les cristaux et dans le silence du désert.

Voilà, c'était le pur Langage du Monde, sans aucune explication, parce que l'Univers n'avait besoin d'aucune explication pour continuer sa route dans l'espace infini. Tout ce qu'il comprenait en cet instant, c'était qu'il se trouvait devant la femme de sa vie, et sans la moindre nécessité de paroles, elle aussi devait le savoir. Il en était plus sûr que de n'importe quoi au monde, même si ses parents, et les parents de ses parents, avaient toujours dit qu'il fallait d'abord faire sa cour et se fiancer, connaître l'autre et avoir de l'argent avant de se marier. Qui disait cela n'avait sans doute jamais connu le

Langage Universel, car lorsqu'on se baigne dans ce langage, il est facile de comprendre qu'il y a toujours dans le monde une personne qui en attend une autre, que ce soit en plein désert ou au cœur des grandes villes. Et quand ces deux personnes se rencontrent, et que leurs regards se croisent, tout le passé et tout le futur sont désormais sans la moindre importance, seul existe ce moment présent, et cette incroyable certitude que toute chose sous la voûte du ciel a été écrite par la même Main. La Main qui fait naître l'Amour, et qui a créé une âme sœur pour chaque être qui travaille, se repose, et cherche des trésors sous la lumière du soleil. Parce que, s'il n'en était pas ainsi, les rêves de l'espèce humaine n'auraient aucun sens.

« Mektoub », se dit-il.

L'Anglais, qui était assis, se releva, et secoua son compagnon.

« Allez ! Demandez-lui. »

Le jeune homme s'approcha de la jeune fille. Elle sourit à nouveau. Il sourit aussi.

« Comment t'appelles-tu ? demanda-t-il.

— Mon nom est Fatima, répondit-elle, les yeux baissés.

— C'est un nom que portent certaines femmes dans le pays d'où je viens.

— C'est le nom de la fille du Prophète, dit Fatima. Nos guerriers l'ont transporté là-bas. »

La douce jeune fille parlait de guerriers avec fierté. L'Anglais, à côté, insistait, et le jeune homme demanda si elle savait quelque chose de l'homme qui guérissait toutes les maladies.

« C'est un homme qui connaît les secrets du monde. Il parle avec les djinns du désert », dit-elle.

Les djinns étaient les génies du Bien et du Mal. Et la jeune fille montra d'un geste la direction du sud, où habitait cet étrange personnage. Puis elle emplit sa cruche et partit. L'Anglais s'en alla aussi, à la recherche de l'Alchimiste. Et le jeune homme resta un long moment assis à côté du puits, comprenant qu'un jour le levant avait laissé sur son visage le parfum de cette femme, et qu'il l'aimait avant même de savoir qu'elle existait. Et que l'amour qu'il avait pour elle lui ferait découvrir tous les secrets du monde.

Le lendemain, il retourna au puits, pour y attendre la jeune fille. Il fut surpris d'y trouver l'Anglais qui, pour la première fois, contemplait le désert.

« J'ai attendu tout l'après-midi et toute la soirée, dit l'Anglais. Il est arrivé au moment où apparaissaient les premières étoiles. Je lui ai dit ce que je cherchais. Et il m'a demandé si j'avais déjà transformé du plomb en or. J'ai répondu que c'était précisément ce que je souhaitais apprendre. Alors, il m'a dit d'essayer. Il ne m'a rien dit d'autre que ces mots : "Va essayer." »

Le jeune homme demeura silencieux. Ainsi, l'Anglais avait fait tout ce trajet pour s'entendre dire ce qu'il savait déjà. Et il se souvint que lui-même avait donné six moutons au vieux roi pour un résultat semblable.

« Eh bien ! essayez, dit-il à l'Anglais.

— C'est bien ce que je vais faire. Et je vais m'y mettre tout de suite. »

Peu après son départ, Fatima arriva au puits pour remplir sa cruche.

« Je suis venu te dire une chose toute simple, lui dit le jeune homme. Je veux que tu sois ma femme. Je t'aime. »

La jeune fille laissa déborder le récipient.

« Je vais t'attendre ici chaque jour, reprit-il. J'ai traversé le désert pour venir chercher un trésor qui se trouve à proximité des Pyramides. La guerre était pour moi une malédiction. C'est maintenant une bénédiction, puisqu'elle m'immobilise ici près de toi.

— La guerre va bien finir un jour », dit la jeune fille.

Il regarda les palmiers dattiers de l'Oasis. Il avait été berger. Et il y avait là des quantités de moutons. Fatima avait plus d'importance que le trésor.

« Les guerriers cherchent leurs trésors, dit-elle, comme si elle devinait ses pensées. Et les femmes du désert sont fières de leurs guerriers. »

Puis elle emplit à nouveau sa cruche et s'en fut.

Tous les jours, le jeune homme allait au puits attendre la venue de Fatima. Il lui raconta son existence de berger, la rencontre du roi, la boutique aux cristaux. Ils devinrent amis et, sauf pendant la quinzaine de minutes qu'il passait en sa compagnie, il trouvait le temps terriblement long tout le reste de la journée.

Alors qu'il se trouvait dans l'Oasis depuis près d'un mois, le Chef de la Caravane convoqua tout le monde à une réunion.

« Nous ne savons pas quand va finir la guerre, et nous ne pouvons reprendre notre voyage, dit-il. Les combats vont sans doute durer très longtemps encore, peut-être des années. Il y a, d'un côté comme de l'autre, des guerriers pleins de courage et de vaillance, et chacune des deux armées est fière de se battre. Ce n'est pas là une guerre entre les bons et les méchants. C'est une guerre entre des forces qui luttent pour la conquête du même pouvoir, et lorsque s'engage une bataille de ce genre, elle dure plus longtemps que les autres, parce que, dans ce cas, Allah est des deux côtés à la fois. »

Les gens se dispersèrent. Le jeune homme, ce soir-là, revit Fatima et lui rapporta ce qui s'était dit lors de la réunion.

« À notre deuxième entrevue, dit la jeune fille, tu m'as parlé de ton amour. Ensuite, tu m'as appris des choses très belles, comme le Langage et l'Âme du Monde. Et tout cela, peu à peu, fait de moi une part de toi-même. »

Le garçon écoutait sa voix, et la trouvait plus belle que le bruissement du vent dans les palmes des dattiers.

« Il y a bien longtemps que je suis venue ici auprès de ce puits pour t'attendre. Je n'arrive pas à me rappeler mon passé, la Tradition, la façon dont les hommes veulent que se comportent les femmes du désert. Toute petite, je rêvais que le désert m'apporterait un jour le plus beau présent de mon existence. Et ce présent m'est enfin offert, et c'est toi. »

Il voulut prendre sa main. Mais Fatima tenait les anses de la jarre.

« Tu m'as parlé de tes rêves, du vieux roi, du trésor. Tu m'as parlé des signes. Voilà pourquoi je ne crains rien, parce que ce sont ces signes qui t'ont amené à moi. Et je fais partie de ton rêve, de ta Légende Personnelle, comme tu le dis si souvent. Pour cette raison même, je veux que tu poursuives ta route en direction de ce que tu es venu chercher. S'il te faut attendre la fin de la guerre, c'est très bien. Mais si tu dois partir plus tôt, alors pars vers ta Légende. Les dunes changent sous l'action du vent, mais le désert reste toujours le même. Ainsi en sera-t-il de notre amour.

« Mektoub, dit-elle encore. Si je fais partie de ta Légende, tu reviendras un jour. »

Il se sentit triste lorsqu'il la quitta. Il pensait à bien des gens qu'il avait connus. Les bergers qui étaient mariés avaient beaucoup de mal à convaincre leurs épouses de la nécessité où ils se trouvaient de courir la campagne. L'amour exigeait la présence auprès de l'objet aimé.

Le lendemain, il parla de toutes ces choses à Fatima.

« Le désert nous prend nos hommes, dit-elle, et ne les ramène pas toujours. Nous devons nous y faire. Dès lors, ils sont présents dans les nuages qui passent sans donner de pluie, dans les bêtes qui se cachent au milieu des pierres, dans l'eau généreuse qui sourd de la terre. Ils sont désormais une partie de tout, ils deviennent l'Âme du Monde. Quelques-uns reviennent. Et alors toutes les autres femmes sont heureuses, parce que les hommes qu'elles attendent peuvent eux aussi revenir un jour. Avant, je regardais ces femmes et j'enviais leur bonheur. Maintenant, je vais avoir de même quelqu'un à attendre. Je suis une femme du désert et j'en suis fière. Je veux que mon homme chemine, lui aussi, libre comme le vent qui fait bouger les dunes. Je veux qu'il me soit donné de le voir dans les nues, dans les bêtes et dans l'eau. »

Le jeune homme alla trouver l'Anglais. Il voulait lui parler de Fatima. Non sans surprise, il constata que l'Anglais avait construit un petit four à côté de sa tente. C'était un four curieux, sur lequel était posé un flacon transparent. L'Anglais alimentait le feu avec du bois, et contemplait le désert. Ses yeux semblaient plus brillants que lorsqu'il passait tout son temps plongé dans les livres.

« C'est la première phase du travail, dit-il. Je dois séparer le soufre impur. Et, pour y parvenir, il faut que je ne craigne pas d'échouer. Ma crainte d'échouer est ce qui m'a empêché jusqu'ici de tenter le Grand Œuvre. C'est maintenant que je commence ce que j'aurais pu commencer il y a déjà dix ans. Mais je suis heureux de n'avoir pas attendu encore vingt ans. »

Et il continua à entretenir le feu tout en regardant le désert. Le jeune homme resta auprès de lui pendant un moment, jusqu'à l'heure où le désert prit une coloration rosée dans la lumière du couchant. Il ressentit alors une envie impérieuse d'aller jusque là-bas, pour voir si le silence pouvait répondre à ses interrogations.

Il marcha sans but pendant un certain temps, sans perdre de vue les palmiers de l'Oasis. Il écoutait le vent et sentait les cailloux sous ses pieds. Parfois, il trouvait un coquillage, et savait que ce désert, à une lointaine époque, avait été une vaste mer. Il s'assit sur une grosse pierre et se laissa hypnotiser par l'horizon qu'il avait en face de lui. Il ne pouvait concevoir l'Amour sans y mêler l'idée de possession. Mais Fatima était une femme du désert. Si quelque chose pouvait l'aider à comprendre, c'était bien le désert.

Il demeura ainsi, sans penser à rien, jusqu'au moment où il eut l'impression que quelque chose bougeait au-dessus de sa tête. En regardant en l'air, il vit deux éperviers qui volaient très haut dans le ciel.

Il observa les rapaces, et les figures qu'ils dessinaient en volant. C'étaient apparemment des lignes désordonnées, mais elles avaient cependant un sens pour lui. Simplement, il n'arrivait pas à déchiffrer leur signification. Il décida donc de suivre du regard les évolutions des deux oiseaux, peut-être pourrait-il y lire quelque message. Peut-être le désert pourrait-il lui expliquer l'amour sans possession.

Il sentit venir le sommeil. Son cœur, pourtant, lui demanda de ne pas dormir ; et, tout au contraire, il devait s'abandonner. « Me voici qui pénètre à l'intérieur du Langage du Monde, dit-il ; et tout, ici-bas, a un sens, jusqu'au vol même des éperviers. » Il se sentit plein de reconnaissance pour cet amour qu'il portait à une femme : « Quand on aime, pensa-t-il, les choses ont encore davantage de sens. »

Subitement, l'un des éperviers descendit en piqué pour attaquer l'autre. À ce moment précis, le jeune homme eut une soudaine et brève vision : une troupe armée envahissait l'Oasis, l'épée au poing. La vision s'effaça tout aussitôt, mais lui laissa une vive impression. Il avait entendu parler des mirages, et en avait déjà vu quelques-uns : c'étaient des désirs qui se matérialisaient sur le sable du désert. Et pourtant, il ne désirait certainement pas voir une armée s'emparer de l'Oasis.

Il voulut oublier tout cela et revenir à sa méditation, il essaya de se concentrer à nouveau sur le désert d'ocre rose et sur les pierres. Mais quelque chose en son cœur ne le laissait pas en repos.

« Suis toujours les signes », avait dit le vieux roi. Il pensa à Fatima. Puis il se rappela la vision qu'il avait eue et pressentit qu'elle n'était pas loin de devenir une réalité.

Non sans mal, il parvint à surmonter l'angoisse qui l'avait étreint. Il se releva et se mit en marche dans la direction des palmiers. Une nouvelle fois, il percevait les multiples langages des choses : maintenant, c'était le désert qui était la sécurité, tandis que l'Oasis était devenue un péril.

Le chamelier était assis auprès d'un palmier dattier, à regarder lui aussi le coucher de soleil. Il vit le jeune homme arriver de derrière une dune.

« Il y a une armée qui approche, dit aussitôt ce dernier. J'ai eu une vision.

— Le désert emplit de visions le cœur des hommes », répondit le chamelier.

Mais le jeune homme lui parla des éperviers : il observait leur vol et, tout d'un coup, avait plongé dans l'Âme du Monde.

Le chamelier ne répondit rien ; il comprenait ce que lui disait son interlocuteur. Il savait que n'importe quelle chose, à la surface de la terre, peut conter l'histoire de toutes les choses. En ouvrant un livre à une page quelconque, en examinant les mains d'une personne, ou le vol des oiseaux, ou encore des cartes à jouer, ou quoi que ce soit d'autre, chacun de nous peut découvrir un lien avec ce qu'il est en train de vivre. À la vérité, les choses ne révélaient rien par elles-mêmes ; c'étaient les gens qui, en observant les choses, découvraient la façon de pénétrer l'Âme du Monde.

Le désert était peuplé d'hommes qui gagnaient leur vie parce qu'ils pouvaient pénétrer aisément l'Âme du Monde. On les connaissait sous le nom de devins, et ils étaient redoutés des femmes et des vieillards. Les Guerriers ne les consultaient que rarement, car il ne pouvait être question d'aller au combat en sachant d'avance à quel moment on devra mourir. Les Guerriers préféraient la saveur de la lutte et l'émotion de l'inconnu ; l'avenir avait été écrit par Allah et, quoi qu'Il eût écrit, c'était toujours pour le bien des hommes. Alors, les Guerriers vivaient simplement le présent, car le présent était rempli de surprises, et ils devaient être attentifs à quantité de choses : où était l'épée de l'ennemi, où était son cheval, quel était le coup qu'ils allaient devoir porter pour échapper à la mort.

Le chamelier n'était pas un Guerrier, et il lui était déjà arrivé de consulter des devins. Beaucoup d'entre eux lui avaient dit des choses vraies, d'autres des choses fausses. Jusqu'au jour où l'un d'eux, le plus âgé (et le plus redouté), lui avait demandé pourquoi il s'intéressait tellement à connaître le futur.

« Pour pouvoir faire certaines choses, répondit le chamelier. Et faire tourner autrement ce que je ne voudrais pas voir se produire.

— Alors, ce ne sera plus ton avenir, rétorqua le devin.

— Mais peut-être que je veux connaître le futur pour me préparer à ce qui doit advenir.

— Si ce sont de bonnes choses, ce sera une surprise agréable, dit le devin. Et si ce sont de mauvaises choses, tu en souffriras bien avant qu'elles n'arrivent.

— Je veux connaître l'avenir parce que je suis un homme, dit alors le chamelier. Et les hommes vivent en fonction de leur avenir. »

Le devin demeura un moment sans rien dire. Sa spécialité était le jeu des baguettes qu'on lance à terre : il interprétait la manière dont elles tombaient. Mais, ce jour-là, il ne se servit pas de ses baguettes. Il les enroula dans un linge et les remit dans sa poche.

« Je gagne ma vie en prévoyant l'avenir des gens, dit-il. Je connais la science des baguettes, et je sais comment les utiliser pour pénétrer dans cet espace où tout est déjà écrit. Là, je peux lire le passé, découvrir ce qui a été oublié, et comprendre les signes du présent. Quand les gens me consultent, je ne lis pas le futur : je le devine. Car le futur appartient à Dieu, et Lui seul le révèle, et seulement dans des occasions extraordinaires. Comment est-ce que j'arrive à deviner le futur ? Grâce aux signes du présent. C'est dans le présent que réside le secret ; si tu fais attention au présent, tu peux le rendre meilleur. Et si tu améliores le présent, ce qui viendra ensuite sera également meilleur. Oublie le futur et vis chaque jour de ta vie selon les enseignements de la Loi, et en te fiant à la sollicitude de Dieu à l'égard de Ses enfants. Chaque jour porte en lui l'Éternité. »

Le chamelier voulut savoir quelles étaient ces circonstances exceptionnelles dans lesquelles Dieu permettait de voir le futur :

« C'est quand Lui-même le révèle. Et Dieu le révèle rarement, et cela pour une seule raison : c'est un futur qui a été écrit pour être changé. »

Dieu avait montré un futur au jeune homme, pensa le chamelier. Parce qu'il voulait que le jeune homme fût son instrument.

« Va trouver les chefs de tribus, dit le chamelier. Parle-leur des guerriers qui approchent.

— Ils vont se moquer de moi.

— Ce sont des hommes du désert. Les hommes du désert ont l'habitude des signes.

— Alors, ils doivent déjà savoir.

— Ce n'est pas leur souci. Ils croient que s'ils doivent être mis au courant de quelque chose qu'Allah veuille leur faire savoir, quelqu'un viendra les en informer. Cela s'est produit bien des fois. Mais aujourd'hui, c'est toi qui es ce messager. »

Le jeune homme pensa à Fatima. Et il décida d'aller trouver les chefs de tribus.

« J'apporte un message du désert, dit-il au garde qui était en faction à la porte de l'immense tente blanche dressée au centre de l'Oasis. Je veux parler aux chefs. »

Le garde ne répondit rien. Il entra sous la tente et y demeura un long moment. Puis il ressortit en compagnie d'un Arabe, jeune, habillé de blanc et d'or. Le jeune homme lui raconta ce qu'il avait vu. L'Arabe lui demanda d'attendre un peu et rentra.

La nuit tomba. Des Arabes, des marchands, entrèrent et sortirent en grand nombre. Peu à peu, les foyers s'éteignirent, et l'Oasis devint bientôt aussi silencieuse que le désert. Seule restait allumée la lumière de la grande tente. Pendant tout ce temps, le jeune homme ne cessait de penser à Fatima, sans bien comprendre encore la conversation qu'ils avaient eue dans l'après-midi.

Finalement, au terme de plusieurs heures d'attente, le garde le fit entrer.

Ce qu'il vit le plongea dans l'extase. Jamais il n'aurait imaginé qu'en plein milieu du désert pût exister une tente comme celle-là. Le sol était recouvert des plus beaux tapis sur lesquels il eût jamais marché ; en hauteur, étaient suspendus des lustres de métal doré et ciselé qui portaient des bougies allumées. Les chefs de tribus se tenaient assis au fond de la tente, en demi-cercle, jambes et bras reposant sur des coussins de soie richement brodés. Des domestiques allaient et venaient avec des plateaux d'argent chargés de mets délicats et offraient du thé. D'autres veillaient à maintenir incandescentes les braises des narguilés. Un suave parfum de tabac embaumait l'atmosphère.

Il y avait là huit chefs, mais il comprit tout de suite lequel était le plus haut placé : un Arabe vêtu de blanc et d'or, assis au centre du demi-cercle. À côté de lui se trouvait le jeune homme avec qui il avait parlé peu auparavant.

« Qui est l'étranger qui parle de message ? demanda l'un des chefs, en le regardant.

— C'est moi », répondit-il.

Et il raconta ce qu'il avait vu.

« Pourquoi le désert dirait-il donc ces choses à un homme venu d'ailleurs, quand il sait que nous sommes ici depuis plusieurs générations ? dit un autre chef de tribu.

— Parce que mes yeux ne sont pas encore habitués au désert, de sorte que je peux voir des choses que les yeux trop habitués n'arrivent plus à voir. »

« Et aussi parce que je sais ce qu'est l'Âme du Monde », pensa-t-il. Mais il n'ajouta rien, parce que les Arabes ne croient pas à ces choses-là.

« L'Oasis est un terrain neutre. Personne ne va attaquer une oasis, dit un troisième chef.

— Je raconte seulement ce que j'ai vu. Si vous ne voulez pas y croire, ne faites rien. »

Un silence total s'abattit sur la tente, suivi d'un conciliabule animé entre les chefs de tribus. Ils parlaient un dialecte arabe que le jeune homme ne comprenait pas, mais lorsqu'il fit mine de vouloir sortir, le garde lui dit de rester. Il commença à éprouver une certaine crainte ; les signes lui disaient que quelque chose n'allait pas. Il regretta d'avoir parlé de cette affaire avec le chamelier.

Soudain, l'homme âgé qui se trouvait au centre eut un sourire presque imperceptible, et il se rassura. Le vieillard n'avait pas pris part à la discussion et n'avait pas encore dit un mot. Mais le jeune homme était déjà habitué au Langage du Monde et il put ressentir une vibration de Paix qui traversait la tente de part en part. Son intuition lui disait qu'il avait bien fait de venir.

Le débat prit fin. Tous se turent pour écouter parler le vieil homme. Ensuite, celui-ci se tourna vers l'étranger. Maintenant, l'expression de son visage était froide et distante.

« Il y a deux mille ans, dans un pays lointain, on jeta dans un puits et l'on vendit comme esclave un homme qui croyait aux songes, dit-il. Des marchands de chez nous l'achetèrent et l'emmenèrent en Égypte. Et nous savons tous que celui qui croit aux songes sait aussi les interpréter. »

« Encore qu'il ne parvienne pas toujours à les réaliser », pensa le jeune homme, en se remémorant la vieille gitane.

« Grâce aux rêves de vaches maigres et de vaches grasses qu'avait faits le Pharaon, cet homme délivra l'Égypte de la famine. Il se nommait Joseph. C'était aussi, comme toi, un étranger en terre étrangère, et il devait avoir à peu près ton âge. »

Le silence se prolongea. Le regard du vieil homme restait froid.

« Nous suivons toujours la Tradition, reprit-il. La Tradition a sauvé l'Égypte de la famine en ce temps-là, et a fait de son peuple le plus riche d'entre les peuples. La Tradition enseigne comment les hommes doivent traverser le désert et marier leurs filles. La Tradition dit qu'une oasis est un terrain neutre, parce que les deux camps ont des oasis et sont vulnérables. »

Personne ne prononça le moindre mot tandis que le vieil homme parlait.

« Mais la Tradition nous dit aussi de croire aux messages du désert. Tout ce que nous savons, c'est le désert qui nous l'a enseigné. »

Il fit un signe, et tous les Arabes se mirent debout. La réunion allait s'achever. Les narguilés furent éteints, et les gardes rectifièrent la position. Le jeune homme se prépara à quitter les lieux, mais le vieillard reprit la parole :

« Demain, nous allons rompre l'accord qui dit que nul ne doit porter une arme à l'intérieur de l'Oasis. Durant la journée, nous attendrons l'ennemi. Quand le soleil déclinera sur l'horizon, les hommes me rendront leurs armes. Pour chaque dizaine d'ennemis tués, tu recevras une pièce d'or.

« Toutefois, les armes ne peuvent être sorties sans aller au combat. Elles sont capricieuses comme le désert et, si nous les sortons pour rien, elles peuvent ensuite refuser de faire feu. Si aucune d'elles n'a été utilisée demain, il y en aura au moins une qui servira : contre toi. »

*

Lorsqu'il ressortit, l'Oasis n'était éclairée que par la pleine lune. Il y avait vingt minutes de marche jusqu'à sa tente, et il se mit en route.

Il était tourmenté par tout ce qui s'était passé. Il s'était immergé dans l'Âme du Monde, et le prix à payer pouvait être sa propre vie. Une grosse mise. Mais il avait misé gros du jour où il avait vendu ses moutons pour suivre sa Légende Personnelle. Et, comme le disait le chamelier, mourir demain valait tout autant que mourir n'importe quel autre jour. Chaque jour était fait pour être vécu ou pour quitter ce monde. Tout ne dépendait que d'un mot : « Mektoub. »

Il chemina en silence. Il ne regrettait rien. S'il devait mourir le lendemain, ce serait parce que Dieu n'avait pas envie de changer le futur. Mais il serait mort après avoir traversé le détroit, après avoir travaillé dans un magasin de cristaux, après avoir connu le désert et les yeux de Fatima. Il avait vécu intensément chacun de ses jours depuis qu'il était parti de chez lui, il y avait si longtemps de cela. S'il devait mourir le lendemain, ses yeux auraient vu beaucoup plus de choses que les yeux des autres bergers, et il en était fier.

Soudain, il entendit comme un grondement et fut jeté brusquement à terre, sous le choc d'une rafale de vent d'une violence inouïe. L'endroit fut envahi par un nuage de poussière qui arriva presque à masquer le clair de lune. Devant lui, un cheval blanc de taille gigantesque se cabra, avec un hennissement effrayant.

Il distinguait à peine ce qui se passait mais, quand la poussière se fut un peu dissipée, il ressentit une terreur qu'il n'avait encore jamais éprouvée. Montant le cheval, se tenait en face de lui un homme tout habillé de noir, avec un faucon sur l'épaule gauche. Il était coiffé d'un turban et un voile lui masquait tout le visage, ne laissant voir que les yeux. Il semblait être le messager du désert, mais il avait davantage de présence que quiconque au monde.

L'étrange cavalier tira hors du fourreau la grande épée à lame courbe qui était accrochée à sa selle. L'acier étincela dans la clarté de la lune.

« Qui a osé lire dans le vol des éperviers ? » demanda-t-il, d'une voix si forte qu'elle sembla répercutée par les cinquante mille palmiers de Fayoum.

« Moi, j'ai osé », dit le jeune homme. Et il se rappela aussitôt la statue de saint Jacques Pourfendeur des Maures, écrasant les Infidèles sous les sabots de son cheval blanc. C'était exactement la même chose, sauf que la situation se trouvait maintenant inversée.

« J'ai osé », répéta-t-il. Et il baissa la tête pour recevoir le coup de sabre. « De nombreuses vies vont être sauvées, parce que vous aviez compté sans l'Âme du Monde. »

L'arme, cependant, ne s'abaissa pas brutalement. La main du cavalier descendit lentement, et la pointe de la lame vint toucher le front du jeune homme. Elle était si aiguisée qu'une goutte de sang perla.

Le cavalier était parfaitement immobile. Le jeune homme aussi. L'idée ne lui vint même pas de fuir. Au fond de son cœur, une étrange allégresse s'empara de lui : il allait mourir pour sa Légende Personnelle. Et pour Fatima. Les signes, enfin, avaient dit vrai. Voici que l'Ennemi était là, et il n'avait donc pas à se soucier de la mort, puisqu'il y avait une Âme du Monde. D'ici peu, il en ferait partie. Et demain l'Ennemi aussi en ferait partie.

L'étranger, cependant, se contentait de maintenir la pointe de l'épée sur son front.

« Pourquoi as-tu lu le vol des oiseaux ?

— J'ai seulement lu ce que les oiseaux voulaient conter. Ils veulent sauver l'Oasis, et vous et les vôtres allez mourir. Les hommes de l'Oasis sont plus nombreux que vous. »

La pointe de l'épée était toujours sur son front.

« Qui es-tu, pour changer le destin tracé par Allah ?

— Allah a fait les armées, et Il a fait aussi les oiseaux. Allah m'a montré le langage des oiseaux. Tout a été écrit par la même Main », dit le jeune homme, en se souvenant de ce qu'avait dit le chamelier.

Finalement, le cavalier releva son épée. Le jeune homme en éprouva du soulagement. Mais il ne pouvait pas s'enfuir.

« Prends garde aux divinations. Quand les choses sont écrites, il ne peut être question de les éviter.

— J'ai seulement vu une armée, dit le jeune homme. Je n'ai pas vu l'issue d'une bataille. »

Le cavalier sembla satisfait de la réponse. Mais il gardait son épée à la main.

« Que fait un étranger sur une terre étrangère ? demanda-t-il.

— Je cherche ma Légende Personnelle. Quelque chose que tu ne pourras jamais comprendre. »

Le cavalier remit son épée au fourreau, et le faucon, sur son épaule, poussa un cri étrange. Le jeune homme commença à se détendre.

« Je devais éprouver ton courage, dit le cavalier. Le courage est la vertu majeure pour qui cherche le Langage du Monde. »

Le jeune homme fut surpris. Cet homme parlait de choses que peu de gens connaissaient.

« Il ne faut jamais se relâcher, même quand on est parvenu aussi loin, poursuivit-il. Il faut aimer le désert, mais ne jamais s'y fier entièrement. Car le désert est une pierre de touche pour tous les hommes : il éprouve chacun de leurs pas, et tue qui se laisse distraire. »

Ses paroles rappelaient celles du vieux roi.

« Si les guerriers arrivent, et si ta tête est encore sur tes épaules demain après le coucher du soleil, viens me voir », dit encore le cavalier.

La même main qui avait tenu le sabre se saisit d'une cravache. Le cheval se cabra de nouveau, soulevant un nuage de poussière.

« Où habitez-vous ? » cria le jeune homme, tandis que le cavalier s'éloignait.

La main qui tenait la cravache désigna la direction du sud.

Le jeune homme venait de rencontrer l'Alchimiste.

*

Le lendemain matin, il y avait deux mille hommes sous les armes au milieu des palmiers dattiers de Fayoum. Avant que le soleil ne parvînt au zénith, cinq cents guerriers apparurent à l'horizon. Les cavaliers entrèrent dans l'Oasis par le nord. Apparemment, c'était une expédition pacifique, mais des armes étaient cachées sous les burnous blancs. Lorsqu'ils arrivèrent près de la grande tente dressée au centre de l'Oasis, ils mirent au jour les cimeterres et les fusils. Et attaquèrent une tente vide.

Les hommes de l'Oasis encerclèrent les cavaliers du désert. En l'espace d'une demi-heure, il y avait quatre cent quatre-vingt-dix-neuf cadavres disséminés sur le sol. Les enfants se trouvaient à l'autre extrémité de la palmeraie et ne virent rien. Les femmes priaient pour leurs maris sous les tentes et ne virent rien non plus. N'eussent été les corps qui gisaient partout, l'Oasis aurait paru vivre une journée normale.

Un seul guerrier fut épargné, celui qui commandait la troupe des assaillants. Au soir, il fut amené devant les chefs de tribus, qui lui demandèrent pourquoi il avait violé la Tradition. Il répondit que ses hommes souffraient de la faim et de la soif, épuisés par tant de jours de combat, et qu'ils avaient donc résolu de s'emparer d'une oasis pour pouvoir reprendre la lutte.

Le chef suprême de l'Oasis dit qu'il regrettait pour les guerriers, mais que la Tradition devait être respectée en toute circonstance. La seule chose qui change dans le désert, ce sont les dunes, quand souffle le vent.

Puis il condamna le chef adverse à une mort déshonorante. Au lieu d'être tué à l'arme blanche ou d'une balle de fusil, il fut pendu à un tronc de palmier desséché. Son cadavre resta à se balancer dans le vent du désert.

Le chef de tribu convoqua le jeune étranger et lui remit cinquante pièces d'or. Puis il rappela de nouveau l'histoire de Joseph en Égypte et demanda au jeune homme d'être désormais le Conseiller de l'Oasis.

*

Quand le soleil eut complètement disparu et que les premières étoiles commencèrent à paraître (elles ne brillaient pas beaucoup, du fait de la pleine lune), le jeune homme se mit en marche vers le sud. Il n'y avait là qu'une tente ; et, selon quelques Arabes qui se trouvaient à passer, l'endroit était peuplé de djinns. Mais il s'assit et attendit pendant un long moment.

L'Alchimiste apparut alors que la lune était déjà haut dans le ciel. Il portait à l'épaule deux éperviers morts.

« Me voici, dit le jeune homme.

— Tu ne devrais pas être ici, répondit l'Alchimiste. Ou est-ce que ta Légende Personnelle voulait que tu viennes jusqu'en ce lieu ?

— Il y a une guerre entre les clans. Il n'est pas possible de traverser le désert. »

L'Alchimiste descendit de cheval et fit un signe pour inviter le jeune homme à entrer avec lui. C'était une tente semblable à toutes celles qu'il avait pu voir dans l'Oasis – à l'exception de la grande tente centrale, dont le luxe évoquait les contes de fées. Il chercha du regard des appareils et des fours d'alchimie, mais ne vit rien de semblable. Il y avait seulement quelques piles de livres, un fourneau pour faire la cuisine, et des tapis ornés de dessins mystérieux.

« Assieds-toi, je vais faire du thé, dit l'Alchimiste. Et nous mangerons ensemble ces éperviers. »

Le jeune homme se demanda si ce n'étaient pas les mêmes oiseaux qu'il avait vus la veille, mais il ne dit rien. L'Alchimiste alluma le feu, et bientôt une délectable odeur de viande se répandit dans la tente. C'était plus agréable encore que le parfum des narguilés.

« Pourquoi vouliez-vous me voir ? demanda le jeune homme.

— À cause des signes, répondit l'Alchimiste. Le vent m'a conté que tu allais venir. Et que tu aurais besoin d'aide.

— Non, ce n'est pas moi. C'est l'autre étranger, l'Anglais. C'est lui qui était à votre recherche.

— Il devra trouver d'autres choses avant de me trouver, moi. Mais il est sur la bonne voie. Il s'est mis à regarder le désert.

— Et moi ?

— Quand on veut une chose, tout l'Univers conspire à nous permettre de réaliser notre rêve », dit l'Alchimiste, reprenant les mots du vieux roi.

Le jeune homme comprit. Ainsi, un autre homme était là, sur sa route, pour le conduire jusqu'à sa Légende Personnelle.

« Vous allez donc m'apprendre ?

— Non. Tu sais déjà tout ce qu'il y a à savoir. Je vais simplement te mettre sur la voie, dans la direction de ton trésor.

— Il y a la guerre entre les clans, répéta le jeune homme.

— Mais je connais le désert.

— J'ai déjà trouvé mon trésor. J'ai un chameau, l'argent de la boutique de cristaux, et cinquante pièces d'or. Je peux être un homme riche dans mon pays.

— Mais rien de tout cela ne se trouve près des Pyramides.

— J'ai Fatima. C'est un plus grand trésor que tout ce que j'ai réussi à acquérir.

— Elle non plus n'est pas près des Pyramides. »

Ils mangèrent les éperviers en silence. L'Alchimiste ouvrit une bouteille et versa un liquide rouge dans le verre de son invité. C'était du vin, et l'un des meilleurs qu'il eût jamais bus de son existence. Mais le vin était interdit par la loi.

« Le mal, dit l'Alchimiste, ce n'est pas ce qui entre dans la bouche de l'homme. Le mal est dans ce qui en sort. »

De boire, le jeune homme commençait à se sentir tout à fait bien. Mais l'Alchimiste lui faisait un peu peur. Ils allèrent s'asseoir à l'extérieur de la tente, à contempler le clair de lune qui faisait pâlir les étoiles.

« Bois et prends un peu de bon temps, dit l'Alchimiste, notant que le jeune homme devenait de plus en plus gai. Repose-toi, comme se repose toujours un guerrier avant d'aller au combat. Mais n'oublie pas que ton cœur est là où se trouve ton trésor. Et que ton trésor doit absolument être trouvé pour que tout ce que tu as découvert en chemin puisse avoir un sens.

« Demain, vends ton chameau et achète un cheval. Les chameaux sont traîtres : ils font des milliers de pas sans laisser voir aucun signe de fatigue. Et puis, tout d'un coup, ils tombent à genoux et meurent. Les chevaux, eux, se fatiguent peu à peu. Et tu sauras toujours combien tu peux encore leur demander, et le moment où ils vont mourir. »

*

Le lendemain soir, le jeune homme arriva à cheval devant la tente de l'Alchimiste. Il attendit un peu et celui-ci apparut à son tour, monté de même, le faucon perché sur son épaule gauche.

« Montre-moi la vie dans le désert, dit l'Alchimiste. Seul celui qui peut y trouver la vie peut aussi y découvrir des trésors. »

Ils se mirent en route dans les sables, baignés tous deux par la clarté lunaire. « Je ne sais pas si je vais réussir à trouver de la vie dans le désert, pensa le jeune homme. Je ne connais pas encore le désert. »

Il voulut se retourner pour faire part de cette réflexion à l'Alchimiste, mais il avait peur de lui. Ils parvinrent à l'endroit rocailleux où il avait vu les éperviers dans le ciel ; maintenant, tout y était silence et vent.

« Je n'arrive pas à rencontrer la vie dans le désert, dit le jeune homme. Je sais qu'elle existe, mais je n'arrive pas à la trouver.

— La vie attire la vie », répondit l'Alchimiste.

Et le jeune homme comprit ce qu'il voulait dire. Sur l'instant, il lâcha les rênes à son cheval, qui se mit alors à cheminer à sa guise au milieu des pierres et du sable. L'Alchimiste suivait en silence, et le cheval du jeune garçon avança ainsi durant une demi-heure. Les deux hommes ne pouvaient déjà plus distinguer les palmiers de l'Oasis ; il n'y avait que cette fantastique clarté du ciel, et les rochers qu'elle faisait briller comme de l'argent. Soudain, en un site où il n'était encore jamais venu, le jeune homme sentit que sa monture s'arrêtait.

« Ici, la vie existe, dit-il à l'Alchimiste. Je ne connais pas le langage du désert, mais mon cheval connaît le langage de la vie. »

Ils mirent pied à terre. L'Alchimiste ne dit rien. Il se mit à regarder les pierres, en avançant lentement. Tout à coup, il s'arrêta et se baissa avec les plus grandes précautions. Il y avait un trou dans le sol, entre les pierres ; l'Alchimiste y enfila sa main, puis tout le bras, jusqu'à l'épaule. Quelque chose bougea, là-bas au fond, et les yeux de l'Alchimiste (il ne pouvait voir que ses yeux) se plissèrent, témoignant de l'effort qu'il faisait. Le bras semblait lutter avec ce qui se trouvait à l'intérieur du trou. Et, d'un bond, qui effraya son compagnon, l'Alchimiste retira son bras et se remit aussitôt debout. Sa main tenait un serpent par la queue.

Le jeune homme fit un bond lui aussi, mais en arrière. Le serpent se débattait frénétiquement, avec des bruits et des sifflements qui rompaient le silence du désert. C'était un naja, dont le venin pouvait tuer un homme en quelques minutes.

« Attention au venin », vint à penser le jeune homme. Mais l'Alchimiste, qui avait mis sa main dans le trou, devait déjà avoir été mordu. Sa physionomie était pourtant parfaitement sereine. « L'Alchimiste est âgé de deux cents ans », avait dit l'Anglais. Il devait savoir comment agir avec les serpents du désert.

Le jeune homme vit son compagnon retourner à son cheval et prendre sa longue épée en forme de croissant de lune, avec laquelle il traça un cercle sur le sol. Il posa le serpent à l'intérieur de ce cercle, et le reptile s'immobilisa aussitôt.

« Ne t'inquiète pas, dit l'Alchimiste. Il ne sortira pas de là. Et tu as découvert la vie dans le désert, le signe qu'il me fallait.

— Pourquoi était-ce si important ?

— Parce que les Pyramides sont au milieu du désert. »

Le jeune homme n'avait pas envie d'entendre parler des Pyramides. Son cœur était lourd et triste depuis la veille au soir. Poursuivre sa quête du trésor signifiait en effet devoir abandonner Fatima.

« Je vais te guider à travers le désert, lui dit alors l'Alchimiste.

— Je veux rester dans l'Oasis, répondit le jeune homme. J'ai rencontré Fatima. Et pour moi elle vaut plus que le trésor.

— Fatima est une fille du désert. Elle sait que les hommes doivent partir, pour pouvoir revenir. Elle a déjà trouvé son trésor : c'est toi. Maintenant, elle attend de toi que tu trouves ce que tu cherches.

— Et si je décide de rester ?

— Tu seras le Conseiller de l'Oasis. Tu possèdes assez d'or pour acheter un bon nombre de moutons et de chameaux. Tu épouseras Fatima et vous vivrez heureux pendant la première année. Tu apprendras à aimer le désert et tu connaîtras, un par un, les cinquante mille palmiers. Tu comprendras comment ils croissent et ils te feront voir un monde qui ne cesse de changer. Et alors, tu déchiffreras de mieux en mieux les signes, parce que le désert est un plus grand maître que tous les maîtres.

« La deuxième année, tu te rappelleras l'existence d'un trésor. Les signes commenceront à t'en parler avec insistance, et tu essaieras de ne pas en tenir compte. Tu te serviras de tes connaissances uniquement pour le bien de l'Oasis et de ses habitants. Les chefs de tribus t'en sauront gré. Tes chameaux t'apporteront richesse et pouvoir.

« La troisième année, les signes continueront à parler de ton trésor et de ta Légende Personnelle. Tu passeras des nuits et des nuits à errer dans l'Oasis, et Fatima sera une femme triste parce que ton parcours, à cause d'elle, aura été interrompu. Mais tu continueras à l'aimer, et cet amour sera partagé. Tu te souviendras qu'elle ne t'avait jamais demandé de rester, parce que la femme du désert sait attendre le retour de son homme. Tu ne lui en voudras donc pas. Mais tu marcheras, des nuits et des nuits, dans les sables du désert, au milieu des palmiers, en pensant que tu aurais peut-être pu continuer ta route, te fier davantage à ton amour pour Fatima. Car ce qui t'aura fait rester dans l'Oasis, c'était seulement ta propre crainte de ne jamais revenir. Et, quand tu en seras là, les signes t'indiqueront que ton trésor est enfoui à jamais sous la terre.

« La quatrième année, les signes t'abandonneront, parce que tu n'auras pas voulu les entendre. Les chefs de tribus le comprendront, et tu seras destitué de ta charge au Conseil. Tu seras alors un riche commerçant, possesseur de nombreux chameaux et de marchandises en abondance. Mais tu passeras le reste de tes jours à errer au milieu des palmiers et du désert, en sachant que tu n'auras pas accompli ta Légende Personnelle et qu'il sera désormais trop tard pour le faire.

« Sans avoir jamais compris que l'Amour, en aucun cas, n'empêche un homme de suivre sa

Légende Personnelle. Quand cela arrive, c'est que ce n'était pas le véritable Amour, celui qui parle le Langage du Monde. »

L'Alchimiste effaça le cercle qu'il avait tracé sur le sable, et le cobra s'enfuit rapidement pour disparaître entre les pierres.

Le jeune homme songeait au marchand de cristaux, qui avait toujours voulu aller à La Mecque, à l'Anglais qui était à la recherche d'un Alchimiste. Il songeait à une femme qui se fiait au désert et à qui le désert avait un jour amené celui qu'elle souhaitait aimer.

Ils remontèrent à cheval, et cette fois ce fut le jeune homme qui suivit l'Alchimiste. Le vent apportait les bruits de l'Oasis, et il essayait de reconnaître la voix de Fatima. Ce jour-là, il n'était pas allé au puits, à cause de la bataille.

Mais, au cours de cette nuit, tandis qu'ils regardaient un serpent à l'intérieur d'un cercle, l'étrange cavalier avec son faucon sur l'épaule avait parlé d'amour et de trésors, des femmes du désert et de sa Légende Personnelle.

« Je vais avec vous », dit le jeune homme. Et, immédiatement, il sentit la paix s'installer dans son cœur.

« Nous partirons demain avant le lever du soleil. »

Ce fut la seule réponse de l'Alchimiste.

*

Le jeune homme ne put dormir cette nuit-là. Deux heures avant l'aube, il réveilla l'un des garçons qui dormaient dans la même tente et lui demanda de lui indiquer où habitait Fatima. Ils sortirent tous deux et se rendirent jusque-là. En échange, il donna à son guide de quoi acheter une brebis.

Puis il le pria de trouver l'endroit où dormait la jeune fille, de la réveiller, et de lui dire qu'il l'attendait dehors. Le jeune Arabe exécuta sa mission et reçut en paiement l'argent nécessaire à l'achat d'une autre brebis.

« Maintenant, laisse-nous seuls », dit-il au garçon, qui retourna à sa tente pour se recoucher, tout fier d'avoir aidé le Conseiller de l'Oasis et bien content d'avoir de quoi s'acheter des moutons.

Fatima apparut à la porte de la tente. Ils partirent ensemble marcher au milieu des palmiers. Il savait que c'était contre la Tradition, mais cela n'avait maintenant plus aucune importance.

« Je vais partir, dit-il. Et je veux que tu saches que je reviendrai. Je t'aime parce que…

— Ne dis rien, interrompit Fatima. On aime parce qu'on aime. Il n'y a aucune raison pour aimer. »

Mais lui, pourtant, reprit :

« Je t'aime parce que j'avais fait un rêve, puis j'ai rencontré un roi, j'ai vendu des cristaux, j'ai traversé le désert, les clans sont entrés en guerre, et je suis venu près d'un puits pour savoir où habitait un Alchimiste. Je t'aime parce que tout l'Univers a conspiré à me faire arriver jusqu'à toi. »

Ils s'étreignirent. C'était la première fois que leurs corps se touchaient.

« Je reviendrai, dit encore le jeune homme.

— Avant, il y avait du désir en moi quand je regardais le désert. Maintenant, ce sera de l'espoir. Mon père est parti un jour, il est ensuite revenu vers ma mère, et il revient encore à chaque fois. »

Ils ne dirent plus rien. Ils marchèrent un peu dans la palmeraie et le jeune homme la reconduisit à l'entrée de sa tente.

« Je reviendrai comme ton père est revenu vers ta mère », lui dit-il.

Il s'aperçut que les yeux de Fatima étaient pleins de larmes.

« Tu pleures ?

— Je suis une femme du désert, répondit-elle, cachant son visage. Mais, avant tout, je suis une femme. »

Fatima rentra dans sa tente. D'ici peu, le soleil allait paraître. Au lever du jour, elle sortirait faire ce qu'elle faisait depuis des années ; mais tout avait changé. Le garçon n'était plus dans l'Oasis, et l'Oasis n'aurait plus la signification qu'elle avait jusque-là, bien peu auparavant. Ce ne serait plus cet endroit de cinquante mille palmiers dattiers et trois cents puits, où les pèlerins étaient heureux d'arriver au terme d'un long voyage. L'Oasis, à partir de ce jour, serait pour elle un lieu vide.

De ce jour, le désert serait plus important que l'Oasis. Elle passerait son temps à regarder le désert, en se demandant sur quelle étoile le garçon se guidait, à la recherche du trésor. Elle lui adresserait ses baisers par le vent, en espérant que celui-ci toucherait le visage du jeune homme et lui dirait qu'elle était vivante, qu'elle l'attendait, comme une femme attend un homme de courage qui suit sa route, en quête de songes et de trésors.

De ce jour, le désert ne serait qu'une seule chose : l'espérance de son retour.

*

« Ne pense pas à ce qui est resté en arrière, dit l'Alchimiste, quand ils commencèrent à chevaucher dans les sables du désert. Tout est gravé dans l'Âme du Monde et y restera pour toujours.

— Les hommes rêvent du retour plus que du départ, dit le jeune homme, qui, déjà, s'accoutumait de nouveau au silence du désert.

— Si ce que tu as trouvé est fait de matière pure, cela ne pourrira jamais. Et tu pourras y revenir un jour. Si ce n'est qu'un instant de lumière, comme l'explosion d'une étoile, alors tu ne retrouveras rien à ton retour. Mais tu auras vu une explosion de lumière. Et cela seul aura déjà valu la peine d'être vécu. »

L'homme parlait dans la langue de l'alchimie. Mais son compagnon de route savait qu'il faisait allusion à Fatima.

Il était difficile de ne pas penser à ce qui était resté en arrière. Le désert, avec son paysage presque toujours semblable, ne cessait de s'emplir de rêves. Le jeune homme voyait encore les palmiers dattiers, les puits, et le visage de la femme aimée. Il voyait l'Anglais et son laboratoire, et le chamelier qui était un maître et ne le savait pas. « Peut-être l'Alchimiste n'a-t-il jamais aimé », pensa-t-il.

Celui-ci allait devant, le faucon sur son épaule. Le faucon connaissait parfaitement le langage du désert et, quand ils faisaient halte, il quittait l'épaule de l'Alchimiste et s'envolait pour chercher de la nourriture. Le premier jour, il rapporta un lièvre. Le lendemain, deux oiseaux.

Le soir, ils étendaient leurs couvertures par terre, mais n'allumaient pas de feu. Les nuits du désert étaient froides, et devinrent de plus en plus sombres à mesure que la lune décroissait au firmament. Durant toute une semaine, ils avancèrent en silence, ne parlant que des précautions devenues indispensables pour éviter de se trouver pris dans les combats. La guerre des clans continuait, et le vent apportait parfois l'odeur douceâtre du sang. Une bataille avait dû être livrée dans les environs, et le vent rappelait au jeune homme l'existence du Langage des Signes, toujours prêt à montrer ce que ses yeux ne pouvaient voir.

Au soir du septième jour de voyage, l'Alchimiste décida de bivouaquer plus tôt que de coutume. Le faucon partit en quête de gibier. L'Alchimiste tira son bidon d'eau et en offrit au jeune homme.

« Te voici bientôt parvenu au terme de ton voyage, dit-il. Tu as suivi ta Légende Personnelle : je t'en félicite.

— Mais vous me guidez sans rien dire. J'ai cru que vous alliez m'enseigner ce que vous savez. Il y a quelque temps, je me suis trouvé dans le désert en compagnie d'un homme qui possédait des livres d'alchimie. Mais je n'ai rien pu apprendre.

— Il n'y a qu'une façon d'apprendre, répondit l'Alchimiste. C'est par l'action. Tout ce que tu avais besoin de savoir, c'est le voyage qui te l'a enseigné. Il ne manque qu'une seule chose. »

Le jeune homme voulut savoir ce que c'était, mais l'Alchimiste garda les yeux fixés sur l'horizon, guettant le retour du faucon.

« Pourquoi vous nomme-t-on l'Alchimiste ?

— Parce que je le suis.

— Et qu'est-ce qui n'allait pas, pour les autres alchimistes, qui cherchaient l'or et qui ont échoué ?

— Ils se contentaient de chercher l'or. Ils cherchaient le trésor de leur Légende Personnelle, sans désirer vivre la Légende elle-même.

— Qu'est-ce qui manque encore à mon savoir ? » insista le jeune homme.

Mais l'Alchimiste continua de fixer l'horizon. Au bout d'un certain temps, le faucon revint avec une proie. Ils creusèrent un trou et allumèrent le feu à l'intérieur, pour que personne ne pût voir la lueur des flammes.

« Je suis un Alchimiste parce que je suis un Alchimiste, dit-il tandis qu'ils préparaient leur repas. J'ai appris cette science de mes aïeux, qui l'avaient apprise de leurs aïeux, et ainsi de suite depuis la Création du monde. En ce temps-là, toute la science du Grand Œuvre pouvait s'inscrire sur une simple émeraude. Mais les hommes n'ont pas attaché d'importance aux choses simples, et ont commencé à écrire des traités, des interprétations, des études philosophiques. Ils ont aussi commencé à prétendre qu'ils connaissaient la voie mieux que les autres.

— Qu'y avait-il d'écrit sur la Table d'Émeraude ? » demanda le jeune homme.

L'Alchimiste entreprit alors de dessiner sur le sable, et ce travail ne lui prit pas plus de cinq minutes. Cependant qu'il dessinait, le jeune homme se souvint du vieux roi et de la place où ils s'étaient un jour rencontrés ; cela semblait remonter à des années et des années.

« Voilà ce qui était inscrit sur la Table d'Émeraude », dit l'Alchimiste, quand il eut terminé.

Le jeune homme s'approcha et lut les mots écrits sur le sable.

« C'est un code, dit-il, quelque peu déçu par la Table d'Émeraude. On dirait ce qu'il y avait dans les livres de cet Anglais.

— Non, répondit l'Alchimiste. C'est comme le vol des éperviers : cela ne doit pas être compris par la seule raison. La Table d'Émeraude est un passage direct vers l'Âme du Monde.

« Les sages ont compris que ce monde naturel n'est qu'une image et une copie du Paradis. Le seul fait que ce monde existe est la garantie qu'existe un monde plus parfait que lui. Dieu l'a créé pour que, par l'intermédiaire des choses visibles, les hommes puissent comprendre Ses enseignements spirituels et les merveilles de Sa sagesse. C'est cela que j'appelle l'Action.

— Est-ce qu'il faut que je comprenne la Table d'Émeraude ? demanda le jeune homme.

— Peut-être, si tu étais dans un laboratoire d'alchimie, serait-ce maintenant le bon moment pour étudier la meilleure manière d'entendre la Table d'Émeraude. Mais tu es dans le désert. Plonge-toi donc plutôt dans le désert. Il sert à la compréhension du monde aussi bien que n'importe quelle autre chose sur terre. Tu n'as même pas besoin de comprendre le désert : il suffit de contempler un simple grain de sable, et tu verras en lui toutes les merveilles de la Création.

— Comment dois-je faire pour me plonger au sein du désert ?

— Écoute ton cœur. Il connaît toute chose, parce qu'il vient de l'Âme du Monde, et qu'un jour il y retournera. »

*

Ils cheminèrent en silence deux journées encore. L'Alchimiste se montrait beaucoup plus circonspect, car ils approchaient de la zone des combats les plus violents. Et le jeune homme s'efforçait d'écouter son cœur.

C'était un cœur difficile à entendre. Auparavant, il était toujours prêt au départ, et maintenant il voulait arriver à tout prix. Certaines fois, son cœur restait longtemps à raconter des histoires pleines de nostalgie, d'autres fois il s'émouvait du lever du soleil dans le désert, et faisait pleurer le jeune homme en cachette. Il battait plus vite quand il lui parlait du trésor, et ralentissait lorsque les yeux du garçon se perdaient dans l'horizon infini du désert. Mais il ne se taisait jamais, même si le jeune homme n'échangeait pas un seul mot avec l'Alchimiste.

« Pourquoi devons-nous écouter notre cœur ? demanda-t-il ce soir-là quand ils firent halte.

— Parce que, là où sera ton cœur, là sera ton trésor.

— Mon cœur est agité, dit le jeune homme. Il fait des rêves, il se trouble, et il est amoureux d'une fille du désert. Il me demande des choses, me laisse des nuits et des nuits sans dormir quand je pense à elle.

— C'est bien. Ton cœur est vivant. Continue à écouter ce qu'il a à te dire. »

Au cours des trois journées suivantes, ils croisèrent plusieurs guerriers et en aperçurent d'autres à l'horizon. Le cœur du jeune homme commença à parler de peur. Il lui contait des histoires qu'il avait entendues de l'Âme du Monde, des histoires d'hommes partis à la recherche de leurs trésors et qui ne les avaient jamais trouvés. Parfois, il l'effrayait de la pensée qu'il pourrait bien ne jamais parvenir jusqu'au trésor, ou qu'il pourrait trouver la mort dans le désert. Ou bien encore, il lui disait qu'il était maintenant satisfait, qu'il avait déjà rencontré un amour et gagné de nombreuses pièces d'or.

« Mon cœur est traître, dit le jeune homme à l'Alchimiste, quand ils s'arrêtèrent pour laisser reposer un peu leurs chevaux. Il ne veut pas que je continue.

— C'est bien, répondit l'Alchimiste. Cela prouve que ton cœur vit. Il est normal d'avoir peur d'échanger contre un rêve tout ce que l'on a déjà réussi à obtenir.

— Alors, pourquoi dois-je écouter mon cœur ?

— Parce que tu n'arriveras jamais à le faire taire. Et même si tu feins de ne pas entendre ce qu'il te dit, il sera là, dans ta poitrine, et ne cessera de répéter ce qu'il pense de la vie et du monde.

— Même en étant un traître ?

— La trahison, c'est le coup auquel tu ne t'attends pas. Si tu connais bien ton cœur, il n'arrivera jamais à te surprendre ainsi. Car tu connaîtras ses rêves et ses désirs, et tu sauras en tenir compte. Personne ne peut fuir son cœur. C'est pourquoi il vaut mieux écouter ce qu'il dit. Pour que ne vienne jamais te frapper un coup auquel tu ne t'attendrais pas. »

Le jeune homme continua donc à écouter son cœur, tandis qu'ils cheminaient dans le désert. Il parvint à connaître ses ruses et ses stratagèmes, et finit par l'accepter comme il était. Alors, il cessa d'avoir peur et cessa d'avoir envie de retourner sur ses pas, car un certain soir son cœur lui dit qu'il était content. « Même si je me plains un peu, disait son cœur, c'est seulement que je suis un cœur d'homme, et les cœurs des hommes sont ainsi. Ils ont peur de réaliser leurs plus grands rêves, parce qu'ils croient ne pas mériter d'y arriver, ou ne pas pouvoir y parvenir. Nous, les cœurs, mourons de peur à la seule pensée d'amours enfuies à jamais, d'instants qui auraient pu être merveilleux et qui ne l'ont pas été, de trésors qui auraient pu être découverts et qui sont restés pour toujours enfouis dans le sable. Car, quand cela se produit, nous souffrons terriblement, pour finir. »

« Mon cœur craint de souffrir, dit le jeune homme à l'Alchimiste, une nuit qu'ils regardaient le ciel sans lune.

— Dis-lui que la crainte de la souffrance est pire que la souffrance elle-même. Et qu'aucun cœur n'a jamais souffert alors qu'il était à la poursuite de ses rêves, parce que chaque instant de quête est un instant de rencontre avec Dieu et avec l'Éternité.

— Chaque instant de quête est un instant de rencontre, dit le jeune homme à son cœur. Pendant que je cherchais mon trésor, tous les jours ont été lumineux parce que je savais que chaque heure faisait partie du rêve de le trouver. Pendant que je cherchais mon trésor, j'ai découvert en chemin des choses que je n'aurais jamais songé rencontrer si je n'avais eu le courage de tenter des choses impossibles aux bergers. »

Alors, son cœur demeura en paix tout un après-midi durant. Et cette nuit-là il dormit calmement. Lorsqu'il s'éveilla, son cœur commença à lui raconter les choses de l'Âme du Monde. Il dit que tout homme heureux était un homme qui portait Dieu en lui. Et que le bonheur pouvait être trouvé dans un simple grain de sable du désert, comme l'avait dit l'Alchimiste. Parce qu'un grain de sable est un instant de la Création, et que l'Univers a mis des millions et des millions d'années à le créer.

« Chaque homme sur terre a un trésor qui l'attend, lui dit son cœur. Nous, les cœurs, en parlons rarement, car les hommes ne veulent plus trouver ces trésors. Nous n'en parlons qu'aux petits enfants. Ensuite, nous laissons la vie se charger de conduire chacun vers son destin. Malheureusement, peu d'hommes suivent le chemin qui leur est tracé, et qui est le chemin de la Légende Personnelle et de la félicité. La plupart voient le monde comme quelque chose de menaçant et, pour cette raison même, le monde devient en effet une chose menaçante. Alors, nous, les cœurs, commençons à parler de plus en plus bas, mais nous ne nous taisons jamais. Et nous faisons des vœux pour que nos paroles ne soient pas entendues : nous ne voulons pas que les hommes souffrent pour n'avoir pas suivi la voie que nous leur avions indiquée.

— Pourquoi les cœurs ne disent-ils pas aux hommes qu'ils doivent poursuivre leurs rêves ? demanda le jeune homme à l'Alchimiste.

— Parce que, dans ce cas, c'est le cœur qui souffre le plus. Et les cœurs n'aiment pas souffrir. »

Le jeune homme, de ce jour, entendit son cœur. Il lui demanda de ne jamais l'abandonner. Il lui demanda de se serrer dans sa poitrine lorsqu'il serait loin de ses rêves, et de lui donner le signal d'alarme. Et il jura que, chaque fois qu'il entendrait ce signal, il y prendrait garde.

Cette nuit-là, il parla de tous ces sujets avec l'Alchimiste. Et celui-ci comprit que le cœur du jeune homme était revenu à l'Âme du Monde.

« Que dois-je faire maintenant ? demanda le jeune homme.

— Continue de marcher dans la direction des Pyramides, dit l'Alchimiste. Et reste attentif aux signes. Ton cœur est maintenant capable de te montrer le trésor.

— C'était donc cela, que je ne savais pas encore ?

— Non. Ce qui manque encore à ton savoir, dit l'Alchimiste, c'est ceci :

« Avant de réaliser un rêve, l'Âme du Monde veut toujours évaluer tout ce qui a été appris durant le parcours. Si elle agit ainsi, ce n'est pas par méchanceté à notre égard, c'est pour que nous puissions, en même temps que notre rêve, conquérir également les leçons que nous apprenons en allant vers lui. Et c'est le moment où la plupart des gens renoncent. C'est ce que nous appelons, dans le langage du désert : mourir de soif quand les palmiers de l'oasis sont déjà en vue à l'horizon.

« Une quête commence toujours par la Chance du Débutant. Et s'achève toujours par l'Épreuve du Conquérant. »

Le jeune homme se souvint d'un vieux proverbe de son pays, qui disait que l'heure la plus sombre est celle qui vient juste avant le lever du soleil.

*

Le premier signe concret de danger se manifesta dès le lendemain. Trois guerriers apparurent, qui, s'étant approchés, demandèrent aux deux voyageurs ce qu'ils faisaient par là.

« Je suis venu chasser avec mon faucon, répondit l'Alchimiste.

— Nous devons vous fouiller, pour voir si vous ne portez pas d'armes, fit l'un des guerriers. »

L'Alchimiste descendit de cheval, tout doucement. Son compagnon fit de même.

« Pourquoi tant d'argent ? demanda le guerrier en voyant la bourse du jeune homme.

— Pour aller jusqu'en Égypte », répondit celui-ci.

L'homme qui fouillait l'Alchimiste trouva un petit flacon de cristal rempli de liquide et un œuf en verre, de couleur jaune, à peine plus gros qu'un œuf de poule.

« Qu'est-ce que c'est que ça ? demanda-t-il.

— La Pierre Philosophale, et l'Élixir de Longue Vie. C'est le Grand Œuvre des Alchimistes. Qui boit de cet élixir ne sera jamais malade, et un minuscule fragment de cette pierre transforme en or n'importe quel métal. »

Les trois hommes éclatèrent d'un grand rire, et l'Alchimiste rit avec eux. Ils avaient trouvé la réponse très amusante, et ils les laissèrent partir sans plus d'embarras, avec tout ce qu'ils possédaient.

« Êtes-vous fou ? demanda le jeune homme, quand ils furent à une certaine distance. Pourquoi avez-vous répondu ainsi ?

— Pour te montrer une loi du monde, toute simple : quand nous avons de grands trésors sous les yeux, nous ne nous en apercevons jamais. Et sais-tu pourquoi ? Parce que les hommes ne croient pas aux trésors. »

Ils poursuivirent leur marche dans le désert. Au fur et à mesure que les jours passaient, le cœur du jeune homme devenait de plus en plus silencieux : il ne se souciait plus des choses du passé ou de l'avenir, et se contentait de contempler lui aussi le désert, de boire avec le jeune homme à l'Âme du Monde. Son cœur et lui devinrent de grands amis, incapables désormais de se trahir l'un l'autre.

Quand le cœur parlait, c'était pour stimuler et encourager le jeune homme qui trouvait parfois terriblement lassantes ces longues journées de silence. Pour la première fois, le cœur vint à lui parler de ses grandes qualités : le courage qu'il lui avait fallu pour abandonner ses brebis, vivre sa Légende Personnelle ; et l'enthousiasme dont il avait fait preuve dans la boutique aux cristaux.

Il lui dit aussi une autre chose, que le jeune homme n'avait encore jamais remarquée : les dangers qu'il avait côtoyés, et dont il ne s'était jamais aperçu. Une fois, il avait caché le pistolet dérobé à son père, avec lequel, en effet, il risquait bien de se blesser. Et il lui rappela un jour où il avait été souffrant, en pleine campagne : il avait vomi, puis il avait dormi assez longtemps ; or il y avait deux brigands un peu plus loin, qui avaient projeté de lui voler ses moutons et de l'assassiner. Mais, comme le jeune berger ne venait pas, ils avaient fini par s'en aller, croyant qu'il avait changé d'itinéraire.

« Est-ce que les cœurs aident toujours les hommes ? demanda-t-il à l'Alchimiste.

— Ceux-là seulement qui vivent leur Légende Personnelle. Mais ils aident beaucoup les enfants, les ivrognes, les vieillards.

— Cela veut donc dire que le danger n'existe pas ?

— Cela veut dire simplement que les cœurs font tout ce qu'ils peuvent », répondit l'Alchimiste.

Certain soir, ils passèrent par le campement de l'un des clans en guerre. Il y avait partout des Arabes magnifiquement vêtus de blanc, leurs armes prêtes à servir. Les hommes fumaient le narguilé et bavardaient, parlant des combats. Personne ne prêta grande attention aux deux voyageurs.

« Il n'y a aucun danger », dit le jeune homme, quand ils se furent un peu éloignés.

L'Alchimiste se mit en colère.

« Fie-toi à ton cœur, dit-il, mais n'oublie pas que tu es dans le désert. Quand les hommes sont en guerre, l'Âme du Monde entend elle aussi les cris des combats. Personne n'est à l'abri des conséquences de tout ce qui se passe sous le ciel. »

« Tout est une seule et unique chose », pensa le jeune homme.

Et comme si le désert avait voulu prouver que le vieil Alchimiste avait raison, deux cavaliers apparurent subitement derrière les voyageurs.

« Vous ne pouvez pas aller plus loin, dit l'un d'eux. Vous êtes ici dans la région où se livrent les combats.

— Je ne vais pas bien loin », dit l'Alchimiste, en regardant les guerriers droit dans les yeux.

Ils restèrent quelques instants sans rien dire, puis donnèrent leur accord pour la poursuite du voyage.

Le jeune homme avait observé toute la scène, fasciné.

« Vous les avez subjugués par le regard, dit-il.

— Les yeux montrent la force de l'âme », répondit l'Alchimiste.

C'était vrai, se dit le jeune homme. Il s'était rendu compte qu'un homme, au milieu de la foule des soldats, au campement, avait son regard fixé sur l'Alchimiste et sur lui-même. Il était pourtant si loin qu'on distinguait fort mal ses traits. Mais il était absolument certain que cet homme les observait.

Finalement, alors qu'ils s'apprêtaient à franchir une chaîne montagneuse qui s'allongeait sur tout l'horizon, l'Alchimiste dit qu'ils étaient maintenant à deux jours de marche des Pyramides.

« Si nous devons nous séparer bientôt, enseignez-moi l'Alchimie, demanda le jeune homme.

— Tu sais déjà ce qu'il y a à savoir. Il n'y a qu'à pénétrer dans l'Âme du Monde et découvrir le trésor qu'elle a réservé à chacun de nous.

— Ce n'est pas cela que je veux savoir. Je parle de transformer le plomb en or. »

L'Alchimiste respecta le silence du désert et ne répondit au jeune homme qu'au moment où ils s'arrêtèrent pour manger.

« Tout évolue, dans l'Univers. Et, pour ceux qui savent, l'or est le métal le plus évolué. Ne me demande pas pourquoi, je l'ignore. Je sais seulement que ce qu'enseigne la Tradition est toujours juste. Ce sont les hommes qui n'ont pas su interpréter correctement les paroles des sages. Et, au lieu d'être le symbole de l'évolution, l'or est devenu le signe des guerres.

162

— Les choses parlent de multiples langages, dit le jeune homme. J'ai vu le blatèrement du chameau n'être qu'un blatèrement, puis devenir un signe de danger, et redevenir enfin un simple blatèrement. »

Mais il se tut. L'Alchimiste devait savoir tout cela.

« J'ai connu de véritables alchimistes, reprit ce dernier. Ils s'enfermaient dans leurs laboratoires et tentaient d'évoluer comme l'or ; ils découvraient la Pierre Philosophale. Cela, parce qu'ils avaient compris que, lorsqu'une chose évolue, tout ce qui est autour évolue de même. D'autres ont réussi par accident à trouver la Pierre. Ils avaient le don, leur âme était plus éveillée que celle des autres personnes. Mais ceux-là ne comptent pas, car ils sont rares. D'autres, enfin, cherchaient seulement l'or ; ceux-là n'ont jamais trouvé le secret. Ils avaient oublié que le plomb, le cuivre, le fer ont aussi leurs Légendes Personnelles à accomplir. Et qui s'immisce dans la Légende Personnelle d'autrui ne découvrira jamais la sienne propre. »

Les paroles de l'Alchimiste sonnèrent comme une malédiction.

Il se baissa et ramassa un coquillage sur le sol du désert.

« Ceci fut autrefois la mer, dit-il.

— Je l'avais remarqué », rétorqua le jeune homme.

L'Alchimiste lui demanda de porter le coquillage à son oreille. Il avait fait ce geste bien des fois, quand il était enfant, et il entendit le bruit de la mer.

« La mer est toujours à l'intérieur de cette coquille, parce que c'est sa Légende Personnelle. Et elle ne la quittera jamais, jusqu'à ce que le désert soit à nouveau recouvert par les flots. »

Ensuite, ils remontèrent à cheval, et s'en furent en direction des Pyramides d'Égypte.

Le soleil avait commencé à décliner quand le cœur du jeune homme donna le signal d'un danger. Ils étaient entourés de dunes énormes, et le garçon regarda l'Alchimiste ; mais celui-ci, apparemment, n'avait rien remarqué. Cinq minutes plus tard, droit devant eux, il aperçut deux cavaliers dont les silhouettes se découpaient sur le couchant. Avant qu'il eût pu dire quoi que ce fût à l'Alchimiste, les deux cavaliers étaient devenus dix, puis cent, et pour finir toute l'étendue des dunes en fut couverte.

C'étaient des guerriers vêtus de bleu, avec un triple anneau de couleur noire autour du turban. Les visages étaient masqués sous un autre voile bleu, qui ne laissait voir que les yeux.

Même à cette distance, les yeux montraient la force des âmes. Et ces yeux parlaient de mort.

*

Les deux voyageurs furent conduits jusqu'à un campement militaire qui se trouvait à proximité. Un soldat poussa l'Alchimiste et son compagnon à l'intérieur d'une tente, bien différente de celles qui se trouvaient dans l'Oasis. Il y avait là un chef de guerre entouré de son état-major.

« Ce sont les espions, dit l'un des hommes.

— Nous ne sommes que des voyageurs, répondit l'Alchimiste.

— On vous a vus dans le camp ennemi il y a trois jours. Et vous avez parlé à l'un des guerriers.

— Je suis un homme qui marche dans le désert et qui connaît les étoiles, dit l'Alchimiste. Je n'ai aucune information sur les troupes ou les mouvements des tribus. Je guidais seulement mon ami jusqu'ici.

— Qui est ton ami ? demanda le chef.

— Un alchimiste, dit l'Alchimiste. Il connaît les pouvoirs de la nature. Et souhaite montrer au commandant ses extraordinaires capacités. »

Le jeune homme écoutait en silence. Il avait peur.

« Que fait un étranger en terre étrangère ? demanda l'un des hommes.

— J'ai apporté de l'argent pour l'offrir à votre clan », intervint alors l'Alchimiste, avant que le jeune homme eût pu prononcer un seul mot.

Et, s'emparant de sa bourse, il donna les pièces d'or au chef. Celui-ci les prit sans rien dire. Il y avait là de quoi acheter un grand nombre d'armes.

« Qu'est-ce qu'un alchimiste ? demanda finalement l'Arabe.

— Un homme qui connaît la nature et le monde. S'il le voulait, il détruirait ce campement en utilisant la seule force du vent. »

Les hommes rirent. Ils avaient l'habitude des violences de la guerre, et savaient que le vent ne peut pas assener un coup mortel. Pourtant, chacun sentit son cœur se serrer dans sa poitrine. C'étaient des hommes du désert, et ils avaient peur des sorciers.

« J'aimerais voir une chose pareille, dit le chef.

— Il nous faut trois jours, répondit l'Alchimiste. Il va se transformer en vent, simplement pour montrer la force de son pouvoir. S'il ne réussit pas, nous vous offrons humblement nos vies, pour l'honneur de votre clan.

— Tu ne peux m'offrir ce qui m'appartient déjà », déclara le chef avec arrogance.

Mais il concéda aux voyageurs le délai de trois jours.

Le jeune homme, terrifié, était incapable de faire un mouvement. L'Alchimiste dut le tenir par le bras pour l'aider à sortir de la tente.

« Ne leur montre pas que tu as peur, lui dit-il. Ce sont des hommes braves, et ils méprisent les lâches. »

Le jeune homme avait perdu la parole. Il ne retrouva la voix qu'au bout d'un certain temps, alors qu'ils marchaient au milieu du campement. Il était inutile de les tenir enfermés : les Arabes leur avaient simplement retiré leurs chevaux. Ainsi, une fois de plus, le monde révéla ses innombrables langages : le désert, jusque-là un espace libre et sans limites, était maintenant une muraille infranchissable.

« Vous leur avez donné tout mon trésor ! dit le jeune homme. Tout ce que j'avais pu gagner pendant toute ma vie !

— Et à quoi cela te servirait-il si tu devais mourir ? Ton argent t'a sauvé pour trois jours. Ce n'est pas si souvent que l'argent sert à retarder la mort. »

Mais le jeune homme était trop effrayé pour pouvoir entendre des paroles de sagesse. Il ne savait pas comment se transformer en vent. Il n'était pas alchimiste.

L'Alchimiste demanda du thé à un guerrier ; il en versa un peu sur les poignets du jeune homme. Une onde de sérénité se répandit en lui, cependant que l'Alchimiste prononçait quelques mots qu'il ne réussit pas à comprendre.

« Ne t'abandonne pas au désespoir, dit l'Alchimiste, d'une voix étrangement douce. Cela t'empêche de pouvoir converser avec ton cœur.

— Mais je ne sais pas me transformer en vent.

— Celui qui vit sa Légende Personnelle sait tout ce qu'il a besoin de savoir. Il n'y a qu'une chose qui puisse rendre un rêve impossible : c'est la peur d'échouer.

— Je n'ai pas peur d'échouer. Simplement, je ne sais pas me transformer en vent.

— Eh bien, il faudra que tu apprennes ! Ta vie en dépend.

— Et si je n'y arrive pas ?

— Tu mourras d'avoir vécu ta Légende Personnelle. Cela vaut bien mieux que de mourir comme des millions de gens qui n'auront jamais rien su de l'existence d'une Légende Personnelle.

Mais ne t'inquiète pas. En général, la mort fait que l'on devient plus attentif à la vie. »

Le premier jour s'écoula. Il y eut une grande bataille dans les environs, et de nombreux blessés furent amenés au campement. « Rien ne change avec la mort », pensait le jeune homme. Les guerriers qui mouraient étaient remplacés par d'autres, et la vie continuait.

« Tu aurais pu mourir plus tard, mon ami, dit un combattant à la dépouille d'un de ses camarades de combat. Tu aurais pu mourir une fois la paix revenue. Mais tu serais mort de toute façon, en fin de compte. »

Vers le soir, le jeune homme alla trouver l'Alchimiste, qui emmenait le faucon avec lui dans le désert.

« Je ne sais pas me transformer en vent, répéta-t-il encore.

— Souviens-toi de ce que je t'ai dit : le monde n'est que la partie visible de Dieu. Et l'Alchimie, c'est simplement amener la perfection spirituelle sur le plan matériel.

— Que faites-vous ?

— Je nourris mon faucon.

— Si je ne réussis pas à me transformer en vent, nous allons mourir, dit le jeune homme. À quoi bon nourrir le faucon ?

— Toi, tu mourras, répondit l'Alchimiste. Moi, je sais me transformer en vent. »

Le deuxième jour, le jeune homme grimpa au sommet d'un rocher qui se trouvait près du camp. Les sentinelles le laissèrent passer ; elles avaient entendu parler du sorcier qui se transformait en vent, et ne voulaient pas l'approcher. De plus, le désert constituait une grande muraille infranchissable.

Il passa le reste de l'après-midi de cette deuxième journée à regarder le désert. Il écouta son cœur. Et le désert écouta la peur qui l'habitait.

Tous deux parlaient la même langue.

Le troisième jour, le chef suprême rassembla autour de lui ses principaux officiers.

« Allons voir ce garçon qui se transforme en vent, dit-il à l'Alchimiste.

— Allons ! » répondit celui-ci.

Le jeune homme les conduisit à l'endroit où il était venu la veille. Puis il demanda à tous de s'asseoir.

« Cela va demander un peu de temps, dit-il.

— Nous ne sommes pas pressés, répondit le chef suprême. Nous sommes des hommes du désert. »

Le jeune homme se mit à regarder l'horizon en face de lui. Il y avait des montagnes au loin, des dunes, des rochers, des plantes rampantes qui s'obstinaient à vivre là où la survivance était improbable. Là était le désert, qu'il avait parcouru des mois et des mois durant, et dont il ne connaissait cependant qu'une toute petite partie. Dans cette petite partie, il avait rencontré des Anglais, des caravanes, des luttes de clans, et une oasis de cinquante mille palmiers dattiers et trois cents puits.

« Que me veux-tu aujourd'hui ? demanda le désert. Ne nous sommes-nous pas assez contemplés hier ?

— Tu gardes, quelque part, celle que j'aime. Alors, quand je regarde tes étendues de sable, c'est elle que je contemple aussi. Je veux retourner vers elle et j'ai besoin de ton aide pour me transformer en vent.

— Qu'est-ce que l'amour ? demanda le désert.

— L'amour, c'est quand le faucon vole au-dessus de tes sables. Car, pour lui, tu es une campagne verdoyante, et il n'est jamais revenu sans sa proie. Il connaît tes rochers, tes dunes, tes montagnes, et tu es généreux avec lui.

— Le bec du faucon m'arrache des morceaux, dit le désert. Cette proie, je la nourris pendant des années, je l'abreuve du peu d'eau que j'ai, lui montre où elle peut trouver à manger ; et, un beau jour, voici que le faucon descend du ciel, juste comme j'allais sentir la caresse du gibier sur mes sables. Et le faucon emporte ce que j'avais fait grandir.

— Mais c'était précisément à cette fin que tu avais nourri et fait grandir le gibier, répondit le jeune homme : pour alimenter le faucon. Et le faucon alimentera l'homme. Et l'homme alimentera un jour tes sables, d'où naîtra à nouveau le gibier. Ainsi va le monde.

— C'est cela, l'amour ?

— C'est cela, oui. C'est ce qui fait que la proie se transforme en faucon, le faucon en homme, et l'homme à nouveau en désert. C'est cela qui fait que le plomb se transforme en or, et que l'or retourne se cacher sous la terre.

— Je ne comprends pas tes paroles, dit le désert.

— Alors, comprends du moins que, quelque part au milieu de tes sables, une femme m'attend. Et, pour répondre à son attente, je dois me transformer en vent. »

Le désert resta quelques instants silencieux.

« Je te donne mes sables pour que le vent puisse souffler. Mais à moi seul, je ne puis rien. Demande son aide au vent. »

Une petite brise se mit à souffler. Les chefs de guerre observaient de loin le jeune homme, qui parlait une langue inconnue d'eux.

L'Alchimiste souriait.

Le vent arriva près du jeune homme et lui effleura le visage. Il avait entendu sa conversation avec le désert, car les vents savent toujours tout. Ils parcourent le monde sans avoir jamais de lieu de naissance ni de lieu où mourir.

« Aide-moi, dit le jeune homme. Un jour, j'ai entendu en toi la voix de mon aimée.

— Qui t'a appris à parler le langage du désert et du vent ?

— Mon cœur », répondit le jeune homme.

Le vent avait plusieurs noms. On l'appelait ici le sirocco, parce que les Arabes croyaient qu'il venait des terres où l'eau abondait, peuplées d'hommes à la peau noire. Dans le pays lointain d'où venait le jeune homme, on le nommait le levant, parce que les gens croyaient qu'il apportait le sable du désert et les cris de guerre des Maures. Peut-être, ailleurs, loin des campagnes où paissaient les moutons, les hommes pensaient-ils que le vent naissait en Andalousie. Mais le vent ne venait de nulle part, n'allait nulle part, et c'est pourquoi il était plus fort que le désert. Un jour, on pourrait planter des arbres dans le désert, et même y élever des moutons, mais on ne parviendrait jamais à dominer le vent.

« Tu ne peux être le vent, dit-il au jeune homme. Nos natures sont différentes.

— Ce n'est pas vrai. J'ai appris les secrets de l'Alchimie, tandis que je parcourais le monde avec toi. J'ai en moi les vents, les déserts, les océans, les étoiles, et tout ce qui a été créé dans l'Univers. Nous avons été faits par la même Main, et nous avons la même Âme. Je veux être comme toi, pénétrer partout, traverser les mers, ôter le sable qui recouvre mon trésor, faire venir près de moi la voix de mon aimée.

— J'ai entendu ta conversation avec l'Alchimiste, l'autre jour. Il disait que chaque chose a sa Légende Personnelle. Les êtres humains ne peuvent se transformer en vent.

— Apprends-moi à être le vent pendant quelques instants, demanda le jeune homme. Pour que nous puissions parler ensemble des possibilités illimitées des hommes et des vents. »

Le vent était curieux, et c'était là quelque chose qu'il ne connaissait pas. Il aurait aimé s'entretenir de ce sujet, mais il ne savait pas comment transformer un homme en vent. Et pourtant, il savait tant de choses ! Il construisait des déserts, faisait sombrer des navires, abattait des forêts entières, et flânait dans des villes pleines de musique et de bruits étranges. Il croyait n'avoir point de limites, et voilà qu'était devant lui un jeune homme pour affirmer que le vent pouvait faire d'autres choses encore.

« C'est ce que l'on appelle l'Amour, dit le jeune homme, voyant que le vent était sur le point d'accéder à sa demande. C'est quand on aime que l'on arrive à être quelque chose de la Création. Quand on aime, on n'a aucun besoin de comprendre ce qui se passe, car tout se passe alors à l'intérieur de nous, et les hommes peuvent se transformer en vents. À condition que les vents les aident, bien sûr. »

Le vent était très orgueilleux, et ce que disait le jeune homme l'irrita. Il se mit à souffler plus fort, soulevant les sables du désert. Mais il dut finalement reconnaître que, même après avoir parcouru le monde entier, il ne savait toujours pas transformer un homme en vent. Et il ne connaissait pas l'Amour.

« Au cours de mes promenades à travers le monde, j'ai remarqué que beaucoup de gens parlaient de l'amour en regardant vers le ciel, dit le vent, furieux de devoir admettre ses limites. Peut-être vaudrait-il mieux demander au ciel.

— Alors, aide-moi, demanda le jeune homme. Couvre ce lieu de poussière, pour que je puisse regarder le soleil sans être aveuglé. »

Le vent se mit donc à souffler très fort, et le ciel fut envahi par le sable : à la place du soleil, il n'y avait plus qu'un disque doré.

Dans le camp, il devenait difficile de distinguer quoi que ce fût. Les hommes du désert connaissaient bien ce vent que l'on appelait le simoun et qui était pire qu'une tempête en mer ; mais eux ne connaissaient pas la mer. Les chevaux hennissaient, les armes commencèrent à être recouvertes par le sable.

Sur le rocher, l'un des officiers se tourna vers le chef suprême et dit :

« Il vaudrait peut-être mieux en rester là. »

Ils avaient déjà du mal à apercevoir le jeune homme. Tous les visages étaient entièrement masqués par les voiles bleus et les regards n'exprimaient plus que la frayeur.

« Finissons-en, insista un autre officier.

— Je veux voir la grandeur d'Allah, dit le chef, avec du respect dans la voix. Je veux voir la transformation d'un homme en vent. »

Mais il nota mentalement les noms de ces deux hommes qui avaient peur. Dès que le vent se calmerait, il les destituerait de leurs commandements. Les hommes du désert n'ont pas à avoir peur.

« Le vent m'a dit que tu connaissais l'Amour, dit le jeune homme au Soleil. Si tu connais l'Amour, tu connais aussi l'Âme du Monde, qui est faite d'Amour.

— D'où je suis, répondit le Soleil, je peux voir l'Âme du Monde. Elle est en communication avec mon âme et, à nous deux, nous faisons ensemble croître les plantes et avancer les brebis qui recherchent l'ombre. D'où je suis (et je suis très loin du monde), j'ai appris à aimer. Je sais que, si je m'approche un peu plus de la Terre, tout ce qu'elle porte périra et l'Âme du Monde cessera d'exister. Alors, nous nous regardons mutuellement et nous nous aimons ; je lui donne vie et chaleur, elle me donne une raison de vivre.

— Tu connais l'Amour, répéta le jeune homme.

— Et je connais l'Âme du Monde, car nous avons de longues conversations au cours de ce voyage sans fin dans l'Univers. Elle me dit que son plus grave problème est que, jusqu'ici, seuls les minéraux et les végétaux ont compris que tout est une seule et unique chose. Et, pour autant, il n'est pas nécessaire que le fer soit semblable au cuivre et le cuivre semblable à l'or. Chacun remplit sa fonction exacte dans cette chose unique, et tout serait une Symphonie de Paix si la Main qui a écrit tout cela s'était arrêtée au cinquième jour.

« Mais il y a eu le sixième jour.

— Tu es savant parce que tu vois tout à distance, dit le jeune homme. Mais tu ne connais pas l'Amour. S'il n'y avait pas eu de sixième jour, l'homme ne serait pas, le cuivre serait toujours du cuivre et le plomb toujours du plomb. Chacun a sa Légende Personnelle, c'est vrai, mais un jour cette Légende Personnelle sera accomplie. Il faut donc se transformer en quelque chose de mieux, et avoir une nouvelle Légende Personnelle jusqu'à ce que l'Âme du Monde soit réellement une seule et unique chose. »

Le Soleil resta songeur et se mit à briller plus fort. Le vent, qui appréciait l'entretien, souffla également plus fort, pour que le Soleil n'aveuglât pas le jeune homme.

« Pour cela, il y a l'Alchimie, dit ce dernier. Pour que chaque homme cherche son trésor, et le trouve, et veuille ensuite être meilleur qu'il n'a été dans sa vie antérieure. Le plomb remplira son rôle jusqu'à ce que le monde n'ait plus besoin de plomb ; alors, il devra se transformer en or.

« Les alchimistes parviennent à réaliser cette transformation. Ils nous montrent que, lorsque nous cherchons à être meilleurs que nous ne le sommes, tout devient meilleur aussi autour de nous.

— Et pourquoi dis-tu que je ne connais pas l'Amour ? demanda le Soleil.

— Parce que l'Amour ne consiste pas à rester immobile comme le désert, ni à courir le monde comme le vent, ni à tout voir de loin, comme toi. L'Amour est la force qui transforme et améliore l'Âme du Monde. Quand je suis entré en elle pour la première fois, j'ai cru qu'elle était parfaite. Mais ensuite j'ai vu qu'elle était le reflet de tout ce qui a été créé, qu'elle avait aussi ses guerres et ses passions. C'est nous qui alimentons l'Âme du Monde, et la terre sur laquelle nous vivons sera meilleure ou sera pire selon que nous serons meilleurs ou pires. C'est là qu'intervient la force de l'Amour, car, quand nous aimons, nous voulons toujours être meilleurs que nous ne sommes.

— Qu'attends-tu de moi ? demanda le Soleil.

— Que tu m'aides à me transformer en vent, répondit le jeune homme.

— La Nature me connaît comme la plus savante de toutes les créatures, dit le Soleil. Mais je ne sais comment te transformer en vent.

— À qui dois-je m'adresser, alors ? »

Le Soleil se tut un moment. Le vent écoutait, et allait répandre dans le monde entier que sa science était limitée. Il ne pouvait cependant pas échapper à ce jeune homme qui parlait le Langage du Monde.

« Vois la Main qui a tout écrit », dit le Soleil.

Le vent poussa un cri de satisfaction et souffla avec plus de force que jamais. Les tentes dressées sur le sable furent bientôt arrachées, tandis que les animaux se libéraient de leurs attaches. Sur le rocher, les hommes s'agrippèrent les uns aux autres pour éviter d'être emportés.

Alors, le jeune homme se tourna vers la Main qui avait tout écrit. Et, au lieu de dire le moindre mot, il sentit que l'Univers demeurait silencieux, et demeura silencieux de même.

Un élan d'amour jaillit de son cœur, et il se mit à prier. C'était une prière qu'il n'avait encore jamais faite, car c'était une prière sans paroles, et par laquelle il ne demandait rien. Il ne remerciait pas d'avoir pu trouver un pâturage pour ses moutons ; il n'implorait pas d'arriver à vendre davantage de cristaux ; il ne demandait pas que la femme qu'il avait rencontrée attende son retour. Dans le silence qui s'ensuivit, il comprit que le désert, le vent, le Soleil cherchaient aussi les signes que cette Main avait écrits, qu'ils voulaient suivre leurs routes et entendre ce qui était gravé sur une simple émeraude. Il savait que ces signes étaient dispersés sur la Terre et dans l'Espace, qu'ils n'avaient en apparence aucune raison d'être, aucune signification, que ni les déserts, ni les vents, ni les soleils, ni les hommes enfin ne savaient pourquoi ils avaient été créés. Mais cette Main avait, elle, une raison pour tout cela, et elle seule était capable d'opérer des miracles, de transformer des océans en déserts, et des hommes en vent. Parce qu'elle seule comprenait qu'un dessein supérieur poussait l'univers jusqu'à un point où les six jours de la Création se transformeraient en Grand Œuvre.

Et le jeune homme se plongea dans l'Âme du Monde, et vit que l'Âme du Monde faisait partie de l'Âme de Dieu, et vit que l'Âme de Dieu était sa propre âme.

Et qu'il pouvait, dès lors, réaliser des miracles.

Le simoun souffla ce jour-là comme jamais encore il n'avait soufflé. Pendant des générations, les Arabes contèrent la légende d'un jeune homme qui s'était transformé en vent et qui avait failli balayer un campement, défiant la puissance du plus important des chefs de guerre du désert.

Quand le simoun eut cessé de souffler, tous portèrent leurs regards vers l'endroit où se trouvait le jeune homme. Il n'était plus là, mais se trouvait à côté d'une sentinelle presque entièrement recouverte de sable qui surveillait l'autre côté du camp.

Les hommes étaient épouvantés par la sorcellerie. Deux personnes, cependant, souriaient : l'Alchimiste, parce qu'il avait trouvé son véritable disciple, et le chef suprême, parce que ce disciple avait entendu la gloire de Dieu.

Le lendemain, le chef fit ses adieux au jeune homme et à l'Alchimiste, et les fit accompagner par une escorte jusqu'à l'endroit où ils souhaiteraient se rendre.

*

Ils marchèrent toute une journée. À la tombée du soir, ils arrivèrent devant un monastère copte. L'Alchimiste renvoya l'escorte et mit pied à terre.

« À partir d'ici, tu vas aller seul, dit-il. Il n'y a que trois heures de marche jusqu'aux Pyramides.

— Merci, dit le jeune homme. Vous m'avez appris le Langage du Monde.

— Je n'ai fait que te rappeler ce que tu savais déjà. »

L'Alchimiste frappa à la porte du monastère. Un moine tout habillé de noir vint leur ouvrir. Ils s'entretinrent un moment en langue copte, puis l'Alchimiste fit entrer le jeune homme.

« Je lui ai demandé de me laisser utiliser la cuisine pour un moment », dit-il.

Ils se rendirent à la cuisine du monastère. L'Alchimiste alluma le feu, et le moine apporta un peu de plomb, que l'Alchimiste fit fondre dans un récipient en fer. Quand le plomb fut devenu liquide, il prit dans son sac ce curieux œuf de verre jaune qu'il avait. Il en racla une pellicule de l'épaisseur d'un cheveu, l'enveloppa de cire, et la jeta dans le récipient qui contenait le plomb fondu. Le mélange prit une couleur rouge sang. L'Alchimiste, alors, retira le récipient du feu et laissa refroidir. En atten-

178

dant, il s'entretenait avec le moine de la guerre des clans.

« C'est une guerre qui va durer », dit-il au moine.

Celui-ci était contrarié. Il y avait longtemps que les caravanes étaient immobilisées à Gizeh, dans l'attente de la fin du conflit.

« Mais que la volonté de Dieu soit faite, dit le moine.

— Qu'il en soit ainsi », répondit l'Alchimiste. Quand la préparation eut refroidi, le moine et le jeune homme regardèrent avec émerveillement : le métal avait séché tout autour de la paroi interne du récipient, mais ce n'était plus du plomb. C'était de l'or.

« Pourrai-je apprendre un jour à en faire autant ? demanda le jeune homme.

— C'est ma Légende Personnelle et non la tienne, répondit l'Alchimiste. Mais je voulais te montrer que c'est possible. »

Ils retournèrent vers l'entrée du couvent. Là, l'Alchimiste partagea le disque en quatre morceaux.

« Ceci est pour vous, dit-il en présentant l'une des parts au moine. Pour votre générosité à l'égard des pèlerins.

— C'est là un remerciement qui va bien au-delà de ma générosité, dit le moine.

— Ne parlez jamais ainsi. La vie peut entendre, et vous donner moins une autre fois. »

Puis il s'approcha du jeune homme.

« Voici pour toi. Pour remplacer l'or qui est resté entre les mains du chef de guerre. »

Le jeune homme était sur le point de dire que c'était beaucoup plus qu'il n'avait perdu. Mais, ayant entendu ce que l'Alchimiste venait de dire au moine, il s'abstint.

« Cette portion est pour moi, dit l'Alchimiste. Car je dois retourner en traversant à nouveau le désert, et il y a toujours la guerre entre les clans. »

Il prit alors le quatrième morceau et le donna encore au moine.

« Cette part est pour le garçon qui est là. Au cas où il en aurait besoin.

— Mais je vais chercher mon trésor, dit le jeune homme. Et j'en suis maintenant tout proche.

— Et je suis bien sûr que tu vas le trouver, dit l'Alchimiste.

— Alors, pourquoi cette part supplémentaire ?

— Parce que, deux fois déjà, tu as perdu l'argent que tu avais gagné au cours de ton voyage : avec le voleur, et avec le chef de guerre. Je suis un vieil Arabe superstitieux, qui crois aux proverbes de mon pays. Et il en est un qui dit ceci : "Tout ce qui arrive une fois peut ne plus jamais arriver. Mais tout ce qui arrive deux fois arrivera certainement une troisième fois." »

Ils enfourchèrent leurs chevaux.

« Je voudrais te raconter une histoire à propos de rêves », dit l'Alchimiste.

Le jeune homme rapprocha son cheval.

« Dans la Rome ancienne, au temps de l'empereur Tibère, vivait un homme très bon, qui avait deux fils : l'un s'était enrôlé dans l'armée et fut envoyé dans les provinces les plus lointaines de l'Empire. L'autre fils était poète et charmait Rome par les beaux vers qu'il écrivait.

« Une nuit, le père fit un rêve. Un ange lui apparaissait, pour dire que les paroles de l'un de ses fils seraient connues et répétées dans le monde entier par toutes les générations à venir. Le vieil homme s'éveilla en pleurant de joie, parce que la vie se montrait généreuse à son égard et qu'il avait eu la révélation de quelque chose qui remplirait de fierté n'importe quel père.

« Peu de temps après, il mourut en tentant de sauver un enfant qui allait être écrasé sous les roues d'un chariot. Comme il s'était conduit de façon juste et honnête tout au long de son existence, il alla tout droit au ciel et y rencontra l'ange qui lui était apparu en rêve.

« "Tu as été un homme bon, lui dit l'ange. Tu as vécu dans l'amour et tu es mort dans la dignité. Je peux aujourd'hui réaliser n'importe lequel de tes souhaits.

« — La vie aussi a été bonne pour moi, répondit le vieillard. Quand tu m'es apparu en songe, j'ai compris que tous mes efforts se trouvaient justifiés. Car les vers de mon fils resteront dans la mémoire des hommes dans tous les siècles à venir. Je n'ai rien à demander pour moi ; cependant, tout père s'enorgueillirait de constater la renommée de celui dont il a pris soin quand il était enfant et qu'il a éduqué quand il était jeune homme. J'aimerais voir, dans un futur lointain, les paroles de mon fils."

« L'ange toucha l'épaule du vieillard et ils furent tous deux projetés dans un futur lointain. Devant eux, apparut une immense place où des milliers de gens parlaient une langue étrange.

« Le vieil homme pleurait de joie.

« "Je savais, dit-il à l'ange, que les vers de mon fils étaient beaux et immortels. Voudrais-tu me dire lequel de ses poèmes ces gens sont en train de réciter ?"

« L'ange, alors, s'approcha de lui avec beaucoup de gentillesse, et ils s'assirent sur l'un des bancs qu'il y avait sur cette vaste place.

« "Les vers de ton fils, le poète, ont été très populaires à Rome, dit l'ange. Tout le monde les aimait et y prenait plaisir. Mais, quand s'acheva le règne de Tibère, on les oublia. Les paroles que répètent ces gens sont celles de ton autre fils, le soldat."

« Le vieillard regarda l'ange avec surprise.

« "Ton fils était allé servir dans une province éloignée et devint centurion. C'était lui aussi un homme juste et bon. Certain soir, l'un de ses serviteurs tomba malade et fut près de mourir. Ton fils, alors, eut connaissance d'un rabbi qui guérissait les malades, et il passa des jours et des jours à le chercher. Au cours de ses pérégrinations, il découvrit que l'homme qu'il cherchait était le Fils de Dieu. Il rencontra d'autres personnes qui avaient été guéries par lui, s'initia à ses enseignements et, tout centurion romain qu'il était, se convertit à sa foi. Finalement, un beau matin, il parvint auprès du Rabbi.

« "Il lui raconta que l'un de ses serviteurs était malade. Et le Rabbi se déclara prêt à l'accompagner jusque chez lui. Mais le centurion était un homme de foi et, regardant le Rabbi au fond des yeux, il comprit qu'il se trouvait véritablement devant le Fils de Dieu, quand les gens qui se trouvaient à l'entour se levèrent.

« "Ce sont là les paroles de ton fils, dit l'ange au vieil homme. Les paroles qu'il dit au Rabbi à ce moment-là, et qui n'ont jamais été oubliées : *Seigneur, je ne suis pas digne que vous entriez dans ma maison, mais dites seulement une parole et mon serviteur sera sauvé.*" »

L'Alchimiste fit avancer son cheval.

« Quoi qu'elle fasse, dit-il, toute personne sur terre joue toujours le rôle principal de l'Histoire du monde. Et normalement elle n'en sait rien. »

Le jeune homme sourit. Il n'avait jamais imaginé que la vie pût être si importante pour un berger.

« Adieu, dit l'Alchimiste.

— Adieu », répondit-il.

*

Il chemina pendant deux heures et demie dans le désert, en essayant d'écouter attentivement ce que disait son cœur. C'était lui qui allait lui révéler le lieu exact où son trésor était caché.

« Là où sera ton trésor, là sera également ton cœur », avait dit l'Alchimiste.

Mais son cœur parlait d'autres choses. Il contait avec orgueil l'histoire d'un berger qui avait quitté ses moutons pour suivre un rêve qu'il avait fait deux fois. Il parlait de la Légende Personnelle et de tous ces hommes qui avaient fait la même chose, qui étaient partis à la recherche de terres lointaines ou de femmes belles, affrontant les hommes de leur époque, avec leurs idées et leurs préjugés. Tout au long de ce trajet, il parla de découvertes, de livres, de grands bouleversements.

C'est alors qu'il se préparait à gravir une dune, et à ce moment-là seulement, que son cœur murmura à son oreille : « Fais bien attention à l'endroit où tu pleureras ; car c'est là que je me trouve, et c'est là que se trouve ton trésor. »

Il se mit à gravir la dune lentement. Le ciel, tout étoilé, était à nouveau éclairé par la pleine lune : ils avaient marché un mois entier dans le désert. La lune éclairait aussi la dune, en un jeu d'ombres qui donnait au désert l'apparence d'une mer houleuse et faisait se ressouvenir le jeune homme de ce jour où il avait lâché la bride à son cheval et où il avait donné à l'Alchimiste le signe qu'il attendait. Le clair de lune, enfin, baignait le silence du désert, et ce long voyage que font les hommes en quête de trésors.

Quand, au bout de quelques minutes, il parvint au sommet de la dune, son cœur bondit dans sa poitrine. Illuminées par la pleine lune et la blancheur du désert, majestueuses, imposantes, se dressaient devant lui les Pyramides d'Égypte.

Il tomba à genoux et pleura. Il remerciait Dieu d'avoir cru à sa Légende Personnelle, et d'avoir certain jour rencontré un roi, puis un marchand, un Anglais, un alchimiste. Et, par-dessus tout, d'avoir rencontré une femme du désert, qui lui avait fait comprendre que jamais l'Amour ne pourrait éloigner un homme de sa Légende Personnelle.

Tous les siècles des Pyramides contemplaient, de leur hauteur, celui qui était là à leur pied. S'il le voulait, il pouvait maintenant retourner à l'Oasis, épouser Fatima et vivre comme un simple gardien de moutons. Car l'Alchimiste vivait dans le désert, alors même qu'il comprenait le Langage du Monde, alors même qu'il savait transformer le plomb en or. Il n'avait pas à montrer à qui que ce fût sa science et son art. Tandis qu'il cheminait en direction de sa Légende Personnelle, il avait appris tout ce qu'il avait besoin de savoir et il avait vécu tout ce qu'il avait rêvé de vivre.

Mais il était arrivé à son trésor, et une œuvre n'est achevée que lorsque l'objectif est atteint. Là, au sommet de cette dune, il avait pleuré. Il regarda par terre et vit qu'à l'endroit où étaient tombées ses larmes un scarabée se promenait. Pendant ce temps qu'il avait passé dans le désert, il avait appris que les scarabées, en Égypte, étaient le symbole de Dieu.

C'était encore un signe. Alors, il se mit à creuser, tout en se remémorant le Marchand de Cristaux : même en entassant des pierres toute sa vie durant, jamais personne ne réussirait à avoir une pyramide dans son jardin.

Toute la nuit, il creusa à l'emplacement indiqué, sans rien trouver. Du haut des Pyramides, les siècles le contemplaient en silence. Mais il ne renonçait pas. Il creusait, creusait sans discontinuer, luttant contre le vent qui, plus d'une fois, ramenait le sable au fond du trou. Ses mains se fatiguèrent, finirent par être blessées, mais il continuait à croire en son cœur. Et son cœur lui avait dit de creuser où ses larmes seraient tombées.

Tout à coup, alors qu'il essayait de retirer quelques pierres qu'il avait mises au jour, il entendit des pas. Quelques hommes s'approchèrent, que la lune éclairait à contre-jour. Il ne pouvait donc voir leurs yeux, ni leurs visages.

« Que fais-tu là ? » demanda l'un des arrivants.

Il ne répondit pas. Mais il eut peur. Il avait maintenant un trésor à déterrer, et c'est pourquoi il avait peur.

« Nous sommes des réfugiés de guerre, dit un autre. Nous avons besoin de savoir ce que tu caches là. Nous avons besoin d'argent.

— Je ne cache rien », répondit le jeune homme.

Mais l'un des hommes le prit par le bras et le tira hors du trou. Un autre se mit à le fouiller. Et ils trouvèrent le morceau d'or qui était dans l'une de ses poches.

186

« Il a de l'or », dit l'un des assaillants.

Le clair de lune illumina le visage de celui qui était en train de le fouiller et, dans ses yeux, il vit la mort.

« Il doit y avoir encore de l'or caché dans la terre », dit un autre.

Et ils le forcèrent à continuer de creuser. Comme il ne trouvait toujours rien, ils commencèrent à le frapper. Ils le battirent longtemps, jusqu'à l'apparition des premiers rayons du soleil. Ses vêtements étaient en lambeaux, et il sentit que la mort était proche.

« À quoi sert l'argent, si l'on doit mourir ? Il est bien rare que l'argent puisse sauver quelqu'un de la mort » : ainsi avait dit l'Alchimiste.

« Je cherche un trésor », dit-il finalement.

Et, malgré les blessures qu'il avait à la bouche, enflée à la suite des coups reçus, il raconta à ses assaillants qu'il avait rêvé par deux fois d'un trésor enfoui à proximité des Pyramides d'Égypte.

Celui qui paraissait être le chef resta un long moment silencieux. Puis il s'adressa à l'un de ses acolytes :

« On peut le laisser aller. Il n'a rien d'autre. Cet or, il avait dû le voler. »

Le jeune homme tomba la face sur le sable. Deux yeux cherchèrent les siens ; c'était le chef de la bande. Mais le jeune homme regardait dans la direction des Pyramides.

« Allons-nous-en », dit le chef à ses compagnons.

Puis il se tourna vers le jeune homme :

« Tu ne vas pas mourir, lui dit-il. Tu vas vivre, et apprendre qu'on n'a pas le droit d'être aussi bête. Ici, exactement là où tu te trouves, il y a maintenant près de deux ans, j'ai fait un rêve qui s'est répété. J'ai rêvé que je devais aller en Espagne, chercher dans la campagne une église en ruine où les bergers allaient souvent dormir avec leurs moutons, et où un sycomore poussait dans la sacristie ; et si je creusais au pied de ce sycomore, je trouverais un trésor caché. Mais je ne suis pas assez bête pour aller traverser tout le désert simplement parce que j'ai fait deux fois le même rêve. »

Puis il partit.

Le jeune homme se releva, non sans mal, et regarda une fois encore les Pyramides. Les Pyramides lui sourirent, et il leur sourit en retour, le cœur empli d'allégresse.

Il avait trouvé le trésor.

*

Épilogue

Il se nommait Santiago. Il arriva à la petite église abandonnée alors que la nuit était déjà tout près de tomber. Le sycomore poussait toujours dans la sacristie, et l'on pouvait toujours apercevoir les étoiles au travers de la toiture à demi effondrée. Il se souvint qu'une fois il était venu là avec ses brebis et qu'il avait passé une nuit paisible, à l'exception du rêve qu'il avait fait.

Maintenant, il était là sans son troupeau. Mais il avait avec lui une pelle.

Il resta longtemps à contempler le ciel. Puis il tira de sa besace une bouteille de vin, et en but. Il se rappela cette nuit dans le désert où il avait également regardé les étoiles et bu du vin avec l'Alchimiste. Il pensa à tous les chemins qu'il avait parcourus, et à l'étrange façon dont Dieu lui avait montré le trésor. S'il n'avait pas cru aux rêves qui se répètent, il n'aurait pas rencontré la gitane, ni le roi, ni le voleur, ni... « La liste est bien longue, c'est vrai ; mais le chemin était jalonné par les signes, et je ne pouvais pas me tromper », se dit-il.

Il s'endormit sans en avoir conscience et, quand il s'éveilla, le soleil était déjà haut. Alors, il se mit à creuser au pied du sycomore.

« Vieux sorcier, se disait-il, tu étais au courant de tout. Tu as même laissé un peu d'or pour que je puisse revenir jusqu'à cette église. Le moine a bien ri quand il m'a vu reparaître en haillons. Est-ce que tu ne pouvais pas m'épargner cela ? »

Il entendit le vent lui répondre : « Non. Si je te l'avais dit, tu n'aurais pas vu les Pyramides. Elles sont très belles, tu ne trouves pas ? »

C'était la voix de l'Alchimiste. Il sourit, et se remit à creuser. Au bout d'une demi-heure, la pelle heurta quelque chose de dur. Une heure après, il avait devant lui un coffre plein de vieilles pièces d'or espagnoles. Il y avait également des pierres précieuses, des masques en or avec des plumes blanches et rouges, des idoles de pierre incrustées de brillants. Des vestiges d'une conquête que le pays avait oubliée depuis bien longtemps et que le conquérant avait omis de raconter à ses descendants.

Il tira de sa besace Ourim et Toumim. Il ne s'était servi des deux pierres qu'une seule fois, sur un marché, un certain matin. La vie et sa route avaient toujours été peuplées de signes.

Il rangea Ourim et Toumim dans le coffre d'or. Ces deux pierres faisaient, elles aussi, partie de son trésor, puisqu'elles rappelaient le souvenir de ce vieux roi qu'il ne rencontrerait plus jamais.

« En vérité, la vie est généreuse pour celui qui vit sa Légende Personnelle », pensa-t-il.

Et il se souvint alors qu'il devait aller à Tarifa, et donner la dixième partie de tout cela à la gitane. « Comme les gitans sont malins ! » se dit-il. Peut-être parce qu'ils voyageaient tellement.

Mais le vent se remit à souffler. C'était le levant, le vent qui venait d'Afrique. Il n'apportait pas l'odeur du désert, ni la menace d'une invasion des Maures.

En échange, il apportait un parfum qu'il connaissait bien, et le murmure d'un baiser, qui arriva doucement, tout doucement, pour se poser sur ses lèvres.

Il sourit. C'était la première fois qu'elle faisait cela.

« Me voici, Fatima, dit-il. J'arrive. »

*

4120

Achevé d'imprimer en France (Manchecourt)
par Maury-Eurolivres
le 16 février 2007.
Dépôt légal février 2007. EAN 9782290004449

Éditions J'ai lu
87, quai Panhard-et-Levassor, 75013 Paris

Diffusion France et étranger : Flammarion